쉼표의 욕망

쉼표의 욕망

민봉기 소설집

쉼표의 욕망

도서출판 계간문예

　내 글을 읽는 분들에게 정색을 하고 진지한 언어로 작가의 말을 해야 한다는 것이 익숙지 않아서인지 어색하기만 하다. 그러나 참으로 하고 싶은 말이 많아 뭣부터 꺼내야 할지 잠시 숨을 고른다.

　대학교 1학년 때, 강의가 듣기 싫어 도서관에 들어가 오전 10시부터 쓰기 시작해서 오후 5시에 60매의 단편소설 '귀결'을 끝내고 마감시간에 쫓겨 퇴고도 없이 「학생예술」지에 기고 했었다.

　그 소설이 나의 첫 습작이자 완성된 작품이었다. 그 소설이 뽑혀 책에 게재되자 난 소설을 쓰는 사람이라 스스로 자부하였고(어이없게도), 그 후 동아일보 광고란에 홍보실(현 문화관광부) 주최의 시민헌장을 주제로 한 작품 모집에 상금이 탐나서 그것 역시 하루만에 써서 보냈더니 1등으로 당선돼 그 상금으로 명동거리에서 쇼핑의 즐거움을 누렸었다.

　당시 발간된 대중지 「야담과 실화」에 여자 소매치기를 주인공으로한 실화적 소설을 연재하다 우연히 영화감독으로부터 그 작품을 영화하겠다는 제의가 들어왔고, 어쩌다 반공 시나리오를 쓰기도 했다. 그러다 결혼과 동시에 모든 걸 접었었다(20대 후반에).

　그로부터 수십 년간 문학세계를 바라보기만 하면서 어느

땐가는 꼭 소설을 제대로 써야겠다는 꿈만은 품고 다른 세상
의 울타리 안에서 제자리 걸음만 신나게 뱅뱅돌면서 살아왔
다.

 육십이 넘은 어느 날, 내가 만일 죽음을 맞이한다면 소설
안 쓴 내 인생이 후회스러워 눈을 감을 수가 없을 것 같았다.
그래서 2000년에 「한국문인」지를 통해 정식으로 문학의 문
에 들어섰지만 역시 제 버릇 못 버리고 문학의 열정과 진지
함을 뒤로 한 채 다른 분야에서만 또 바쁘게 5년여를 뱅뱅
돌았다. 이래선 안돼, 라는 각성이 초조하게 나를 조였다.
2005년 초에 딸에게 '이제 정말 금년에는 꼭 글을 써야겠
어.' 내 말에 '십년 넘도록 그 말을 들었어요.' 하며 아예 내
말을 우습게 받아들였다.

 딸뿐만 아니라 내 주위사람들 역시 또 그 말? 하면서 더 이
상 글 좀 쓰라는 말도 하지 않았다.

 그래 쓰자! 여름부터 도서관과 집을 오가며 열심히 썼다.
소설은 나의 분신이다, 라는 의지를 키우며 그 분신의 잉태
를 위해 참으로 많은 세월을 기다렸다. 우량아인지 미숙아
인지 두렵고 떨리는 심정으로 마지막 달 12월에 늙은 산모
의 몸으로 입원해(출판사에 넘김) 1월에 출산을 했다.

 중편소설 '쉼표의 욕망' 은 1992년도 미술세계에 새로운

미술운동으로 랍(LAP)아트란 무엇인가(필자/ 화가 민홍규 – 랩이 아닌 랍이란 미술용어 사용)의 글 중에 "동양예술의 조형은 음기성과 양기성의 조화인 것으로 양기성은 음기성을 예속시켜 진행하지만 반대로 예속당하기도 한다."라는 글을 읽고 이 동양적 양·음기성 사상을 소설로서 형상화해 보고 싶었다. 13년 만에 뜻을 이뤄 '쉼표의 욕망' 이란 소설을 탄생시켰다.

'시간의 배반' '제2의 존재' '비너스의 부활' 등은 남녀간 외도는 왜 끊임없이 이어져 오는가 하는 문제를 인류사적으로 접근해서 문화사와 풍속사와 더불어 근원적으로 조명해 보았다.

이 소설이 나오도록 나의 태만을 꾸짖으며 격려해 준 선배, 친우, 후배들에게 감사의 마음을 전하고 싶다.

나의 작품 평설을 해 주신 오윤호 선생은 저자인 나와 일면식도 없어 내가 남자인지 여자인지조차도 모르고 오로지 작품만을 대한 객관적 평설로 주례사적인 평을 탈피해 날카롭고 진지하게 해 줘서 흐뭇한 감사를 드린다.

이 소설을 기꺼이 출판해 주신 '계간문예' 에도 감사의 인사를 드린다.

2006년 1월

민봉기

민봉기 소설집

쉼표의 욕망

쉼표의 욕망

지난 날의 역사에서부터 현재 이 순간까지
도 일부일처제에서 벗어난 남녀관계가 이어
져 오고, 앞으로도 일부일처제의 성도덕 원칙
으로부터 점점 멀어져 대중현상으로 되어가
고 있어. 그리고 일부일처제의 성도덕의 원칙
이 시대와 민족에 따라 여러 가지 다른 현상으
로 변천해 온 것을 알면 성도덕의 절대적인 기
준이 없다는 생각이 안드니?

　　나는 사랑을 하나만의 절대적 가치로 인정
하지 않는다. 남편에게는 정신적 교감과 경제
적 혜택을, 준석에게는 육체적 교감에 따른 성
적 에너지를 내 몸에 담아 남편과의 성적 갈등
을 풀었다. 이제는 부부관계의 균형을 잡게 되
었다.

쉼표의 욕망

새벽 6시면 어김없이 조간신문이 현관문 밖 포천석 찬 바닥에 길게 접힌 몸통으로 누워서 마악 잠자리에서 일어난 나의 따뜻한 손을 기다리고 있다. 온기가 아직 없어지지 않은 손으로 신문을 집어 들고 거실에 들어와 소파에 편히 앉아서 정치, 사회면은 코끝에 달라붙는 잉크 냄새만 맡고 넘겨버린다.

문화면이 펼쳐졌다. 광고 속의 에로티시즘이란 타이틀 아래 남녀 진바지 사진이 시선을 잡아당긴다.

새털구름이 망사처럼 가볍게 펼쳐진 파란 하늘을 바라보며 몸과 몸을 포개듯이 끌어안고 앉아 있는 두 연인의 뒷모습이 보인다.

여자가 입은 빨간 진바지의 팽팽한 히프는 하트를 위아래로 바꿔놓은 형상을 보여주고 있다. 여자는 영혼과 정신, 육체가 하나 되는 낭만적 사랑을 꿈꾸고 있다. 그 꿈을 빨간색 하트로 표현했다.

남자는 여자에게 끊임없는 성적 욕망을 느끼며 그 욕망에 대한 열정을 빨간색 하트를 위아래로 바꿔놓은 여자의 히프로 표현했다.

남녀의 성과 사랑에 대한 각기 다른 생각을 하트 모양 하나를 위아래로 바꿔놓음으로써 표현한 한 컷의 기발한 광고 사진이다.

박스란에 김준석 화가의 랍 아트(LAP Art) 귀국전 안내 기사가 게재됐다. 팝 아트가 물질예술이라면, 랍 아트는 동양적 음양의 상(像)을 기저로 해서 사물이 가지고 있는 속성과 기능을 분해해서 원상으로 함축하는 조형형식이다. 미대 3년 선배인 장숙미의 누드화가 전시된다는 안내 기사도 눈에 들어왔다.

나의 결혼생활은 친정어머니를 위시해서 주위 사람들이 보기에는 성공적이다. 남편에 대해 기대했던 인간적, 경제적 조건에는 넘치도록 풍성하나 — 다른 조건 — 그 누구에게도 쉽게 말할 수 없는 육체적 교감의 즐거움은 없었다. 시간이 지나면서 참고 참았던 나의 성감대는 결국 반란의 조짐을 보였다.

남편은 화장실에서 그 하얗고 단아한 잘 다듬어진 몸에 샤워 물줄기를 받으면서, 어젯밤 지금까지 잠자고 있었던 여성성의 갈증으로 히스테릭컬한 몸짓언어를 여과 없이 보여준 나를 어떻게 생각하고 있을까. 당당하던 남편의 눈길이 허물어지면서 미안해, 미안해 하던 말이 생각났다.

나는 샤워하고 나오는 남편의 뒤로 돌아가 얼굴을 등에 대고 껴안으면서 사랑한다고 말했다. 어젯밤 내가 취했던 행동이 부끄럽고 후회스러웠다.

결혼 첫날부터 지금까지 2년 가까운 부부관계가 남편만의 전용이었고 난 그 전용의 보조역할자로만 끝냈었다. 남편은 땀 흘려 찐득거리는 몸으로 나를 오랫동안 꼬옥 끌어안는 것으로써 자신의 미안한 마음을 표현했다. 땀과 정액이 범벅이 되어 비릿한 냄새가 몸통의 열기와 섞여 역겨운 냄새가 코로 들어올 때마다 난 남편이 알지 못하게 코를 막고 잠시 숨을 쉬지 않았었다.

남편은 심인성이 아닌 선천적으로 타고난 30초의 조루증이었다. 막내인 남편뿐만 아니라 그의 3형제 모두가 같다는 것을 동서들을 통해서 알게 됐다. 3형제 모두가 특이체질이라 비아그라조차 부작용을 일으켜 사용할 수 없다고 했다.

시어머니 생신 날, 큰집에 가족들이 모두 모였을 때 큰동서가 내게 은밀하게 작은동서에게 애인이 있다고 말했다. 놀라워하는 내게 아직 20대여서 부부성애의 깊은 맛을 몰라 참고 살 수 있겠지만, 결혼 전 다른 남자와 연애까지 한 30대 중반의 작은동서는 그럴 수밖에 없지 않느냐며 부도덕하다는 비난은커녕 사뭇 부러운 듯 동정적으로 말했다. 형님은요? 물었더니 첫 남자가 남편이라서 부부관계가 그런가보다 하고 살았고 워낙 고된 시집살이에 지쳐 성애고 뭐고 관심이 없다고 했다.

나는 남편이 제공하는 의사로서의 경제적 여유와 관대함 속에서 문화적 생활을 향유했고, 결혼기념일이나 생일 때마다 남편이 주는 과분한 선물을 사랑의 환희로 받아들였다.

남편은 병원으로 출근하기 위해 아침 일찍 식탁에서 가정부가 차려 준 밥을 먹고 있다. 나는 밝은 얼굴로 남편 맞은편에 앉아 그림을 다시 그리겠다고 말했다. 내 의식 뒤에 숨겨져 있는 욕망과 욕구불만을 그림을 통해 분출해야 했다. 움츠러들어 어두웠던 남편의 동공이 활짝 열렸다. 평소처럼 당당하고 활기찬 모습으로, 모든 것을 적극 도와줄 테니 열심히 하라고 말했다.

남편이 나가고 난 뒤 TV 전원을 넣고 거실 소파에 앉았다. TV 화면 속에서는 젊었을 때 자식들을 버리고 가출했던 여인이 이제는 중년의 모습으로 나타나 얼굴조차 몰라보게 성장했을 자식들에게 용서를 빌며 죽기 전에 한 번만이라도 만나고 싶다며 울고 있다. 자식들을 버린 지 25년이 지나도록 그녀의 기억장치에는 어렸을 때의 모습만이 저장되어 있을 것이다. 만난다 하더라도 25년 간 시간의 변화가 형성해 놓은 삶의 형질이 아무런 화학작용 없는 원형의 순도로 보전되어 있을 것인가, 나는 의문을 품고 끝까지 화면을 지켜봤다.

고단한 인생살이를 살아왔음직한 남매가 과거를 뉘우치며 오로지 눈물로 용서를 비는 어머니 앞에 나타나 상면한다. 어머니는 자식들을 끌어안고 절규하듯 울어대고 자식들은 아무런 감정도 없는 무덤덤한 얼굴로 어머니에 안겨 있다. 시간이 지나자 자식들 역시 그간의 어머니 없이 살아온 쓰라렸던 기억들이 재생되었는지 눈물을 흘린다. 잘못했다, 잘못했다는 말 이외는 할 줄 모르는 사람처럼 그 말만 되풀이하며 용서를 비는 어머니에게 딸이 먼저 엄마라고 부르며 어머니를 끌어당긴다. 아들은 말없이 어머니의 거칠고 매듭진 손을 꼬옥 잡는다.

25년 간 쌓인 어머니를 향한 미움과 원망이 그리움이란 원형질 하나로 가족간의 사랑을 다시 형성해 내는 새로운 의미의 화학작용을 나 역시 눈물을 흘리며 바라봤다.

주방에서 일하며 TV를 봤는지 가정부의 눈에서도 눈물이 흘러내렸다. 내가 바라보자 얼굴을 감추며 눈물을 닦아냈다. 아주머니도 울고 있군요. 남편이 술주정에 폭행까지 했으니 집을 나갈 수밖에 없었겠지만, 어린 자식들을 두고 어떻게 발길이 떼어졌겠어요. 하긴 당해보지 않고는 쉽게 말할 수는 없지만. 가정부는 말없이 일하다 내 말에,

"자식 버린 에미가 용서를 바랄 수가 있겠어요. 죄인도 보통 죄인이 아니죠."

하고 자조하듯 말했다. 마치 자기 자신에게 말하듯이 들렸다.

가정부가 우리 집에 들어온 것은 내가 그림을 다시 그릴 생각을 하고 어머니를 만나면서 이루어졌다.

초등학교 교원 정년퇴임을 한 어머니는 2년 전, 그러니까 내가 결혼한 지 얼마 안돼서 아버지가 돌아가셨지만 사회봉사 활동에 열심이어서 적적하지 않게 지냈다. 맏딸인 내 밑으로 남동생 하나가 대학원 졸업 후 미국에 유학 가서 학위를 받고는 영주권 가진 교포 여자와 결혼해서 그곳에서 살고 있다.

어렸을 때 어머니가 나를 끌어안아 주거나 뽀뽀를 해준 스킨십의 기억이 없었던 나는 어머니가 다섯 살 동생을 끌어안아줄 때마다 질투심을 느껴 심술을 부리곤 했었다. 그럴 때마다 어머니는 일곱 살의 나를 한 번씩 안아주며 너를 얼마나 사랑하는지 아느냐고 말했다. 그래서 질투심은 내게서 오래 머물지 않고 아버지가 피운 담배 연기처럼 냄새만 풍기고 사라졌다.

어머니는 항상 나의 의견을 존중해주었고 부당하지 않은 것이라면 어떤 어려운 부탁도 무리해가며 들어줘서 어머니에 대한 자

부심은 대단했다.

"엄마, 다시 그림을 시작해야겠어요. 남편도 적극적으로 도와 준다고 했어요. 근데 미란이를 낮에만 엄마에게 맡기면 안 될까 요?"

"우선 네가 그림을 완전히 접지 않고 다시 하겠다니 반갑구나. 그런데 난 사회봉사 스케줄이 꽉 짜여있어 취소할 수도 없고…."

돌이 막 지난 미란이가 할머니 품에서 기어 나와 비틀비틀한 걸음걸이로 여기저기 돌아다니며 눈에 보이는 물건마다 입에 대곤 한다. 어머니는 잠시 궁리하더니

"이제 너도 프로의식을 가지고 그림을 그릴려면 애를 잘 봐주고 살림도 겸해서 잘하는 가정부를 구해야 되지 않겠니? 인력고용회 사에 부탁하면 신분을 보장 받을 수 있는 사람을 소개해줄 거다."

생각해 보니 어머니 역시 초등학교 교사 근무시절 가정부를 두 어 살림을 맡겼고, 자질구레한 나의 뒤치다꺼리도 가정부가 다 해줬던 기억이 되살아났다.

그날은 하늘이 낮게 가라앉고 굵은 빗줄기가 쏟아졌다. 나는 아 파트 2층 베란다에서 밖을 내다보고 있었다. 화단에 피어있는 장 미꽃들이 빗물에 씻겨 더욱 빠알간 색을 요염하게 뽐내는 넝쿨 아 래에 어미 개구리 한 마리와 새끼 개구리 한 마리가 눈을 껌벅이 며 비를 피해 앉아 있다.

인력고용회사에서 조건에 맞는 50대 중반의 아주머니를 보내 겠다는 전화가 왔다. 비가 억수같이 많이 쏟아지니 비가 오지 않 는 날 오는 것이 어떻겠느냐는 내 말에 비가 많이 쏟아져도 아주

머니가 가겠다고 하니 기다리라며 전화를 끊었다.

한 시간쯤 지나서 현관 인터폰이 울렸다. 낮잠을 자고 난 미란이에게 간식을 먹이고 있는 중이었다. 간식 먹이는 걸 중단하고 미란이를 안고 현관문을 열었다. 50대 중반의 여자가 바지 아랫도리가 다 젖은 채 한 손에는 작은 트렁크를 들고 또 다른 손에는 빗물이 눈물처럼 떨어지는 우산을 들고 서 있었다.

물기 없이 생기가 빠진 얼굴이지만 이목구비가 또렷하고 어딘지 지성적으로 교양이 있어 보였다. 나는 다정해 보이는 눈길이 마음에 들어 첫인상에 정이 갔다.

"오늘부터 일하려고 왔어요."

나를 바라보는 눈빛 속에는 거절당할지도 모른다는 조바심과 거절당하지 않는다는 믿음이 교차하고 있었다.

나는 가정부를 거처할 방으로 안내하고 갈아입을 옷을 가져왔느냐고 물었다. 묻는 나의 말에 그녀는 트렁크를 들어 보이며 미소지었다.

가정부는 욕실에 들어가 샤워를 한 후, 면 종류의 청결해 보이는 옷을 갈아 입고 나와서 바로 미란이를 안으려고 했다. 미란이는 낯가림이 심해서 쉽게 안기려 하지 않았다. 그런 미란이에게 사랑이 가득히 담긴 눈길을 보내며 쉽게 거두려 하지 않았다.

가정부가 내가 먹이다 만 간식 그릇을 들고 다가가자 미란은 탐색하듯이 여인을 빤히 바라보다가 받아먹기 시작했다. 가정부는 잠깐 외출했다 들어온 가족처럼 집안의 할 일을 찾아내서 미란의 옷가지와 빨래통에 담긴 옷을 구분해서 세탁기에 넣어 돌리고 일부는 손빨래를 했다. 그뿐만 아니라 그동안 손길이 미치지 못했

던 집안 구석구석을 깨끗하게 청소하고 나더니

"저녁 반찬거리 있나요?"

말보다 먼저 손이 냉장고 문을 열고 나의 대답보다 자신의 눈으로 직접 확인하려는 듯 야채 칸, 생선 칸, 냉동실을 하나하나 체크했다.

"아주머니, 오늘은 좀 쉬시고 있는 반찬으로 저녁밥을 먹도록 해요."

"아니에요. 생태를 너무 오래 놔두면 안 되니 매운탕을 저녁에 끓이도록 할 게요."

가정부는 단번에 양념통들을 찾아냈고, 하루 전에 사다 놓은 생태는 이미 꺼내 놓았다. 몇 시간도 되지 않아 살림살이의 주도권이 자연스럽게 그녀에게 넘어갔다. 나는 짐을 벗은 듯한 홀가분한 심정으로 아주머니를 미덥게 바라봤다. 놀랍게도 삶에 지쳐 생기가 빠졌던 모습은 간데없고 가족들 먹거리를 궁리하는 어머니처럼 따뜻하고 편안한 모습으로 변해 있었다.

남편은 집에 들어오자 저녁 식탁에 매운탕을 비롯해 푸짐한 새 음식들이 놓여 있는 것을 보고 입이 크게 벌어졌다. 그리고 그녀에게 앞으로 한식구처럼 정답게 살자고 했다.

가정부는 하루 만에 미란이가 자신을 따르도록 만들었다. 힘든 줄 모르고 안아주고 업어주고 놀아주며 진심으로 귀여워했다. 그녀의 눈짓, 팔짓, 걸음걸이 몸 곳곳의 움직임 속에 사랑이 넘쳐흘러 자신이 행복한 할머니로 변모해가는 것을 알고나 있는지 모르겠다.

나는 오전에 장선배 누드화가 전시되는 화랑으로 축하의 말이 담긴 난 화분을 보내놓고 오후에는 직접 방문했다.

많은 사람들이 관람하고 있었다. 누드화에서 에로티시즘을 느껴보고 싶어서일까. 예전이나 지금이나 에로티시즘은 금기로 생각해 왔고 그래서 그 금기를 깨고 싶은 욕망은 인간 누구에게나 있다.

장선배가 사람들에 둘러싸여 뭔가 진지한 표정으로 말하고 있어서 방해하고 싶지 않아 혼자서 차분히 그림을 감상하였다.

청색, 적색, 황색의 화엽(花葉)을 전체 화폭에 깔아서 그 위에 백색의 살결을 한 여체가 하얗게 빛나고 있었다. 모델은 이쪽을 향하여 정열적인 눈으로 미소를 띄우고 복부 부분의 두 겹의 굴절이라든가, 불룩한 숲은 사실적인 묘사를 피해서 그렸다.

장선배의 자유분방한 사생활을 잘 아는 나는 장선배의 누드화가 세상의 도덕적인 규제의 틀을 벗어던진 파격적인 그림일 것이라고 기대했었다. 그러나 장선배의 누드화는 단순하고 아름답게만 그렸다.

통통하면서도 늘씬하게 쭉 뻗어있는 다리, 뒷발목의 군살이 붙어있지 않아 섹시하게 보였다. 목선이며 어깨선이 흘러내리듯 섬세하고 유방은 터질듯이 둥글게 솟아있다.

유난히 붉은 유두가 갓 딴 딸기처럼 싱싱해 보여 만져보거나 빨아보라고 유혹하는 듯하다. 모델은 암표범 같은 앙칼진 표정으로 암컷으로서의 흡인성을 뿜어내고 있다.

그것은 어쩌면 자신의 내면에 가득 찬 욕망을 스스럼없이 다 쏟아 내면서 살고 있기 때문에 여체의 아름다움으로 단순화된 그림이 되어 나왔는지 모른다. 다만 다양한 색채 구사력은 뛰어났다.

여체에 있어서 여자에 따라 상이성과 유사성이 있어서 이상적인 여체상을 한가지로 표현하지 않고 화가마다 다른 상상으로 표현하는 것이 예술의 정점이란 걸 새삼 인식하였다.

그림의 채색은 식물성 안료에만 치우치지 않고 광물질 안료를 써서 채색화의 산뜻함보다는 투박한 껄끄러움을 보였다.

관람객들 속에 긴 머리가 흐트러진 듯 제멋대로였지만 오히려 그것이 누구에게도 구속받기 싫어하는 자유스런 기질을 보여주는 듯, 그래서 더 매력 있어 보이는 긴 다리의 남자가 눈에 들어왔다.

많이 낯 익은 얼굴인데 어디서 보았을까 생각 중 TV와 신문에서 본 김준석 화가라는 것을 알았다. 뉴욕에서 20여 년간 살아온 문화의 풍속이 그의 넓은 가슴과 큰 키에 옷 입은 품새에도 묻어나 서구적인 체취가 풍겼다. 어떤 여인과 같이 그림을 둘러보며 대화를 나누고 있었다.

어느 때부터인지 김준석의 눈길이 자주 나와 마주쳤다. 그 때마다 그의 안광이 너무나 강렬해 서둘러 눈길을 돌렸다. 가슴은 뛰고 발걸음이 흔들려 더 이상 머물 수가 없어 밖으로 나왔다.

결혼 전에나 결혼 후에도 없었던 처음 있는 일이었다.

남편과는 어머니가 재직하고 있는 학교 학부형의 중매로 선을 보고 서로가 호감을 공유하면서 몇 달간 떨림이 없는 편안한 데이트 끝에 결혼했다.

남편에게 불온한 아내가 되어서는 안 된다는 내 의지가 갑옷이 되어 가슴에서부터 온몸으로 큰 파장을 일으키는 떨림을 무장했다.

　그러나 그 감미롭게 퍼져나가는 미세한 떨림의 여운까지도 무장할 수는 없었다.

　우선 화실을 구해야 했다. 좋은 위치, 좋은 건물 안의 화실을 구하라는 남편의 말을 받아들여 장선배의 화실이 있는 건물 맨 윗층인 5층에 30여 평쯤 되는 사무실이 비어있다는 것을 알고 계약했다.

　5년 전에 지어진 5층의 르네상스식 벽돌건물로 아직도 외벽은 새 건물처럼 말끔했고 건물 안 바닥재는 보티 치노 이태리 대리석이라서 고급스러웠다. 방배동에 있는 이 빌딩은 장선배의 아버지 것으로, 서초동에 있는 우리 집과는 마을버스 한 정거장 정도의 가까운 거리에 있어서 좋았다.

　가정부가 자청해서 창틀, 창문, 구석진 공간에 먼지 하나 없이 정성을 다해 청소를 해줬다.

　남편이 골라 준 실용적인 응접세트를 한 옆에 놓았고 구석진 면에는 칸막이를 한 다음 싱크대와 냉장고를 들여놓아 간이주방을 만들었다. 그 옆에는 미니창고를 만들어 화판, 이젤, 붓, 안료통 등 그림 그리는 데 필요한 기구를 집어넣는 수납장으로 이용하게 했다.

　가정부는 배추김치, 총각김치와 몇 가지의 밑반찬을 만들어 냉장고에 차곡차곡 넣어주면서 점심때 될 수 있는 대로 밥을 해 먹는 것이 건강에 좋다고 말했다. 그러면서 소형화한 세련된 디자인과 색상의 전기밥솥을 선물이라며 내놓아 나를 놀라게 했다.

“아니, 왜 아주머니가 사셨어요. 돈도 어려울 텐데요.”

웃으면서 자기도 젊었을 때 꿈이 화가였는데 집안의 반대로 꿈을 접었다고 했다. 그러면서 부모님 잘 만나 꿈을 폈으니 앞으로 계속 발전하기를 바라는 마음에서 한 것이니 부담 갖지 말라고 했다. 화실 문 앞에 진녹색 바탕에 하얀 글씨로 ‘진경화실’ 이란 간판을 다는 날, 어머니와 남편 그리고 장선배만 모여서 조촐한 자축의 자리를 가졌다. 어머니는 화실 안을 둘러보면서 나를 위해 물심양면으로 후원해준 남편에게 고맙단 인사를 했다.

가정부는 언제 준비해 왔는지 고기와 야채의 꼬치구이, 잡채, 편육을 탁자 위에 올려놓았다. 어머니가 선물한 냉장고 안에서 샴페인과 맥주를 꺼내 놓았다. 우리는 탁자 주위에 앉아서 샴페인을 터뜨려 각자 앞에 있는 잔에 따랐다.

장선배가 잔을 높이 들어

“축하한다. 진경아, 훌륭한 그림을 이 화실에서 속속 낳아라. 그리고 존경하는 어머님, 흉부내과 전문의로 명성이 높은 허박사, 아무쪼록 건강하게 오래 사세요. 제가 시집가서 낳은 자식들이 시집 장가가는 것 보셔야죠.”

우리 가족들이 삼 십이 훨씬 넘은 장선배가 좋은 남자를 만나 시집가기를 바라는 심정을 알고 농담 식으로 말했다.

음식들은 불빛 밑에서 저마다 생생한 맛과 냄새를 뻐기며 우리들의 미각을 즐겁게 해줬고, 그런 우리를 바라보는 가정부의 표정이 흡족해 보였다.

할머니 품에서 잘 놀던 미란이가 잠투정을 시작하자 가정부가 미란이를 업어서 달래며 벌여 놓은 그릇들을 치우고 난 후, 집에 가서 미란이를 재우겠다며 먼저 갔다.

어머니는 그녀의 뒷모습을 바라보다가

"낯이 익은 얼굴 같은데, 생각이 잘 나지 않네."

"엄마, 학교 있을 때 학부형 중 한 사람이 아닐까?"

"글쎄, 그렇다면 나한테 인사를 해야 하지 않겠니?"

결국 어머니는 기억 창고에서 가정부를 끌어내지 못했다.

나는 결혼 전에 이미 추상회화의 한계 같은 것을 느끼고, 자연의 아름다움을 캐내려는 이미지화나 오버랩 기법의 여인상의 이원구성이나 쉬르레알리슴 기법을 통하여 플라토닉한 여인상을 그렸었다. 붓 끝으로 파내듯 정밀하고 정교한 화면은 낭만적이고 로맨틱한 인간애를 느끼게 했다.

나는 이제 한 가지 패턴에 안주하거나 형식과 규제에 얽매이지 않고 소재나 양식에서 벗어나고 싶었다.

인류의 역사는 육체를 욕망의 근원, 타락의 시작이라고 천시, 경계하면서도 한 옆에서는 그 몸을 사랑했고 끊임없이 아름답게 가꾸어 왔다. 정신을 존중하고 몸의 감각과 감성을 경시하는 이성 중심 세계보다, 몸을 통해 느끼는 다양하고 구체적인 욕망과 관심, 아름다움의 세계를 그림으로 형상화해 보겠다는 것이 결혼 이후에 생각해 온 테마였다.

이사도라 던컨이 규율과 통제의 미를 거부하고 관념의 옷들을 하나하나 벗어던지며 자연스런 몸의 아름다움과 건강을 맨발의 무용으로 표현했다면, 나는 그림으로 나타내고 싶었다.

사람들 누구에게나 내재되어 있는 성의 에로틱함을 예술적으로 승화시킨 여체를 그림으로써, 정복하고 싶은 여체가 아닌 감상하고 싶은 대상으로 누드의 미학을 표출하고 싶었다.

장선배의 화실은 동쪽 끝 50여 평의 넓은 화실을 가지고 있었고 내 화실은 서쪽 끝에 있었다. 나는 장선배에게 점심을 먹으러 오라고 전화를 했다. 가정부가 미란이를 업고 더덕구이, 막 버무린 배추 겉절이, 육개장을 해가지고 화실에 왔다. 나는 아직도 냉장고엔 김치, 멸치볶음, 장조림, 연근조림 등이 있기도 하고 미안도 해서

"아주머니, 힘들여서 해가지고 오지 마세요. 반찬이 떨어지면 내가 나올 때 갖고 올게요. 일부러 오지 마세요."

가정부는 내 말에 수긍을 하지 않았다.

"새로 만든 반찬을 드셔야 몸에 좋아요. 난 하나도 힘들지 않으니 걱정 말아요."

미란이는 가정부가 얼마나 잘 해줬는지 나를 보고도 오려고 하지 않고 등 뒤에 업혀서 가만히 있었다.

티셔츠에 청바지 차림을 한 장선배가 와인 샤토탈보 1병을 들고 화실에 들어오며

"네 덕에 점심 얻어먹는 복이 터졌다."

기분 좋게 웃으면서 탁자 위에 올려진 반찬을 둘러보고는 입맛 도는 반찬이네, 밥 먹자. 장선배가 주인처럼 먼저 의자에 앉으며 나를 독촉하자 가정부는 장선배를 바라보며 두 분이 꼭 자매 같네요. 맛있게들 드세요. 흐뭇한 말투로 인사말을 던지고는 문쪽으로 갔다. 나가는 그녀 등 뒤에 대고 이젠 오시지 말아요. 내가 알아서 먹을 테니까요. 내 목소리가 사무적으로 딱딱하게 들렸는지

장선배가

"너, 저런 가정부 못 구해. 그저 고맙고 고맙게 생각해서 잘 해 줘라. 깍쟁이 미란이가 그녀 등짝에 딱 달라붙어 있는 것 보니 보통 인연이 아닌가봐."

장선배의 핸드폰이 울리자 밝은 목소리로

"전시회가 잘 끝났다니 축하해. 김 형의 그림이야 고가로 잘 팔리잖아. 나와 같은 이류화가 하고는 다르지. 뭐라고 점심하자고, 난 지금 후배 화실에서 진수성찬 앞에 앉아 마악 먹으려고 했거든. 이 근처에 왔으면… 잠깐만…."

장선배는 탁자 위에 육개장이 들어있는 보온병을 들어보더니 핸드폰을 손으로 막고 작은 목소리로 내게 김준석 화백이야. 오라고 해서 점심 같이 먹자 하더니, 내 대답은 듣지도 않고 말했다.

"이리 와, 육개장이 넉넉해. 내 화실 반대쪽 끝이 후배 화실이야."

나는 가슴이 뛰었다. 배고픔도 없어졌다. 스스로 제어할 수 없이 흥분이 되어 식탁 위에 젓가락, 숟가락 하나 더 놓는 것조차 허둥대며 실수를 했다. 냉장고 안에 있는 장조림, 깻잎, 멸치볶음, 연근조림, 우엉, 갓김치, 총각김치 등을 모두 꺼내 놓으니 마치 한 정식 밥상 같아 보인다.

"김준석 하고는 고향 친구야. 중학교 동창이거든. 갠 그때부터 그림을 뛰어나게 잘 그렸고 우린 친한 친구 관계야."

"선배, 결혼 안한 것 혹시 김화백을 기다리느라 그런 것 아냐?"

장선배는 내 말에 피식 웃으며 네가 보기엔 내가 그런 순정파로 보이니? 넌 날 잘못 알구 있구나.

　화실 문이 열리더니 김준석의 훤칠한 모습, 제멋대로 흐트러진 듯한 긴 머리가 바람을 타고 나타났다. 성큼성큼 우리 앞으로 걸어왔다. 선배가 그에게 나를 소개했다.

　"미대 후배인데, 결혼 후 그림 작업을 중지했다가 이제 다시 시작했어."

　김준석은 진지한 자세로 나의 인사를 받고 나서 어디서 본 얼굴인데… 생각하더니, 아… 생각납니다, 하며 손을 내밀었다. 난 그의 쏘는 듯한 강렬한 눈빛을 똑바로 보지 못하고 고개를 숙이며 악수를 했다.

　장선배는 놀랍다는 표정을 지으며 농담 비슷이

　"타인에게는 관심 없는 사람인데, 강진경이를 기억한다는 것은 보통 사건이 아니야. 김준석, 오늘 처음 보면서 진경이가 처녀같이 싱싱해 보이니까 친해지고 싶어 헛소리 하는 것 아냐?"

　"천만에. 너의 그림 전시장에서 잠깐 스치듯 봤는데 나도 모르게 인상이 박혔어."

　일 났군. 선배는 재미있다는 듯이 웃고 나서 자 밥이나 먹자, 했다. 우리는 식탁에 둘러 앉아 밥을 먹기 시작했다. 장선배가 가지고 온 와인을 곁들여 마셨고, 장선배와 김준석은 오래간만에 맛있는 식사를 했다며 만족해했다. 젓가락으로 밥과 반찬을 열심히 입으로 가져다 씹었지만 뭘 입에다 집어 넣었는지 맛을 몰랐고 식욕도 없어져 나의 젓가락질은 형식적일 뿐이었다.

　"준석아, 진경인 나하고 다른 부류의 여자야. 내 말 명심해."

　장선배는 나를 바라보는 준석의 뜨거운 눈빛 파장에 경계선을 그었다. 그것은 질투심에서가 아니라 내가 그 뜨거운 열기에 입게 될 화상을 염려한 사랑이 담긴 충고였다.

장선배는 20대의 순수한 열정을 쏟으며 사랑했던 남자가 자신의 재산을 보고 계획적으로 접근한 사실을 알게 되자 그와 결별 선언을 했다. 그러나 술을 마시면 나쁜 자식, 입으로는 욕하면서도 가슴 한 구석에선 그의 흔적을 지워내지 못하고 한때 괴로워했었다. 그 이후부터 어떤 남자도 믿지 않았고, 하루 일과 중 오후에는 하루도 빠지지 않고 헬스나 스쿼시를 즐기면서 몸과 마음을 다스렸다. 때로는 친구들과 락카페나 라틴댄스 바에 가서 춤추는 것도 즐겼다. 어쩌다 마음에 드는 남자를 만나면 사랑하되, 그 사랑에 몰입하지 않고 즐기고 어느 땐가 헤어지게 되면 새로운 사랑을 하고, 성적 욕망에 대해서도 긍정적으로 변해 있었다. 여자도 남자와 같이 자립할 수 있는 사회적 여건 속에서는 남자처럼 섹스도 하나의 행위일 뿐이라고 했다. 32세로 무남독녀인 그녀는 부모의 강권으로 몇 번의 선을 봤지만 모두 거부하였다. 결혼은 늙기 전에 꼭 해야 하지 않겠느냐는 내 말에 독신생활도 결혼생활과 마찬가지로 삶의 선택일 뿐이라고 했다. 자신은 평생 연애만 하다 죽을 것이라고 했다. 그러면서 연애의 좋은 점을 말했다. 결혼이란 제도 속에서 마모되어 가는 설렘, 흥분, 긴장이 항상 있어서 여성다움의 에너지와 함께 활력을 갖게 하고 매력적인 여성으로 만든다고 했다.

장선배는 자신의 아버지는 강남 부동산의 졸부라고 말하면서 재벌이 아닌 졸부의 딸이라 체통을 굳이 지키지 않아서 좋고, 집안 대대로 내려오는 전통에 따른 규범이 없어서 자유스럽다며 당당히 말한다.

3일이 지난 오후에 김준석이 화실을 방문하겠다는 전화를 해
왔다. 내가 뭐라고 말할 짬도 주지 않고 전화를 끊어버려 한동안
전화기 앞에서 멍하니 서 있었다. 만나는 것이 가슴 떨리도록 흥
분되는 일이기도 하지만, 한편으로는 자신만만한 일방적인 그의
태도에 속수무책인 내 자신이 한심스러웠다. 그와 단둘이 만나는
것이 자신이 없어 장선배에게 전화를 했다. 화실에 있지 않았다.
핸드폰으로 했더니 지방에 가 있었다. 난 준석화백이 5시에 화실
에 온다는 말을 했고, 셋이서 같이 만나면 좋겠다는 말도 했다. 그
리고 둘이서만 만나는 것은 겁나고 떨리니 꼭 왔으면 좋겠다고 덧
붙여 말했더니 장선배는 웃으면서 너도 준석에게 끌렸구나, 둘이
서 동시에 뇌하수체에서 사랑의 호르몬인 옥토신이 분비됐나 보
구나 했다. 선배, 그게 무슨 말이야? 묻는 내 말에 장선배가 각주
를 달았다. 옥토신이라는 화학물질은 사랑의 대상을 끌어들이는
힘이 있어. 그것도 아무에게나 아닌 특정인에게 분비되는 것은
전생의 인연에서 비롯된 무의식이 작용한 것이 아니겠니. 난 이
곳 일정이 6시 돼야 끝나. 첫날부터 널 잡아먹지 않을 테니 겁 먹
지 말고 만나. 준석인 여자들이 너무 유혹해서 피해 다니는 사람
이야. 거만하고 냉정하다는 평판이 있는데, 그 반대의 모습을 보
게 돼서 재밌다. 선배는 정말로 재밌는지 유쾌하게 웃으면서 핸
드폰을 껐다.

5시를 기다린다는 것이 참으로 길게 느껴졌다. 화장을 다시 하
고 긴 머리를 포니테일로 묶었다. 다시 풀어서 느슨하게 목 뒤로
매었다가 결국 다시 제머리로 길게 풀어놓았다.

5시 정각에 준석이는 장미꽃과 샤토 와인과 네덜란드산 고다 치즈를 가지고 왔다. 그의 옷은 지금까지 봤던 캐주얼이 아니고 불빛에서 보면 검은색에 가까운 네이비 블루 양복에 넥타이와 포켓 치프는 무늬 없는 티파니 블루였고, 긴 머리는 가즈런히 뒤로 빗겨져 있었다. 나는 하마터면 너무 멋있어요, 탄성을 지를 뻔했다. 그는 나의 마음속을 알고 있는 듯이 자신 있는 웃음을 입술에 슬쩍 담으며 강렬한 눈빛을 보내며

"오늘 진경 씨만을 위해 성의를 다해서 옷맵시를 냈습니다."

그는 자기 집에 온 것처럼 스스럼없이 와인 잔을 꺼내 놓고 빈 접시에 치즈를 먹기 좋게 배분해서 담았다. 그리고 소파에 편한 자세로 앉아 내게 자기 옆을 가리키며 앉으라고 했다. 난 그의 말을 따르지 않고 맞은편 의자에 얌전하게 앉았다. 그는 또 특유의, 시익 소리가 날 듯한 웃음을 흘리며 잔 두 개에 와인을 따랐다.

우리는 말없이 와인 잔의 차가운 유리에서 흘러 나오는 액체를 혀끝에서 목젖으로 넘기며 침묵에 숨겨진 뜨거운 설렘을 탐색하고 있었다. 난 그 탐색에서 벗어나고 싶어 무슨 말이든지 해야 했다. 당신의 작품은 한국의 지역성 특징 때문에 오히려 세계성으로 인정받은 건가요. 예부터 우리의 예술정신은 선(線)으로 이어져 기와지붕 처마의 선, 저고리와 버선의 선, 서예의 획으로서의 선 등의 정통성을 현대적으로 재해석해서…. 그리고 뭐라고 말할까? 결국 나는 말소리를 입 밖으로 내보내지 못했다.

그는 잔에 있는 와인을 다 마시고, 다시 와인을 따랐다.

"진경 씨는 내게 새로운 이미지를 준 여자요. 뭐랄까, 지극히 우아해 보이면서도 잘 다듬어지지 않은 에로틱함을 풍기고 있어

요."

나는 화제를 그림으로 돌려 그에게서 뿜어 나오는 열기를 피하고 싶었다. 그리고 그의 작품에 나타난 사상, 철학을 듣고 싶었다. 그래서 난 입을 열었다.

"저번 선생님의 전시작품에서 느낀 것인데 시간의 흐름을 선으로 해석하셨더군요. 화폭에 사물을 본 대로 재현하지 않고, 그 사물이 가지고 있는 기능과 속성을 다시 분해해서 원상으로 함축해 사물의 본모습을 재현했는데 그것이 랍 아트의 조형형식인가요? 좀 더 구체적으로 듣고 싶어요."

"놀랐는데. 진경 씨의 내 그림에 대한 해석이 예리하군요. 그런데 중요한 것이 빠졌어요. 내 그림 속에 담겨 있는 음양조화의 우주적인 생명력을 꿰뚫어 보지 못했군요. 화폭에 나타난 획과 선이 시간의 흐름을 뜻하지만 더 깊은 의미로는 우주적 자연물이며 생명성입니다. 사물이 가지고 있는 기능을 그냥 분해하는 것이 아니고 사상(四像), 즉 네 가지 상으로 분해해요. 그 네 가지 상은 정(精), 기(氣), 색(色), 물(物)상 순으로 순환하거나 반대로 물상에서 정상으로 순환하며 변화되는 상에 따라 물상은 구조적으로, 색상은 형태적으로, 기상은 운동적으로, 정상은 정신적으로 각 속성과 기능을 띠는 우주를 형성해요. 그러므로 상 철학을 기저로 해서 네 가지 상의 변화를 표현한 새로운 조형형식이 랍 아트요. 간단히 요약해서 말하면 사상분해, 원상함축의 조형형식을 원리로 한 것이요."

나는 그의 말을 감동으로 이해하며 받아들였다. 그의 그림의 선은 본능에서 출발하여 자신의 철학, 경험들이 시간적이며 공간적인 의미로 사물 속에 있었음을 감지해서 우주 생명감과 집약된 자연 정신으로 우주 공간을 구성하여 화폭에 옮겼을 것이다. 그러한 동양 정신이 농축된 그의 화풍이 세계적인 것이 되어 서구 화단에서 찬사를 받았는지 모른다.

내 잔에 와인이 바닥나자 그가 와인 병을 들고 내 잔을 채웠다. 병이 바닥났다. 술기운이 약간 올라 내 얼굴이 붉어져 있을 거란 생각이 그의 입을 통해 확인됐다.

"얼굴이 발그레하니 생기 있어 보이는데. 첫눈에 반한 여자는 진경이밖에 없어. 흑갈색의 긴 머리가 아주 고혹적이야. 나를 만날 때만 풀고 그 외에는 묶어. 알았지?"

우리가 언제부터 친해졌다는 것인지 내 이름 아래 씨자를 빼고 반말로 말하는 것이며 머리를 자기 앞에서만 풀라는 그가 어린애 같아 소리 내어 재미있게 웃었다. 술기운에 긴장이 풀어졌는지 감정이 자유스러워졌다.

"선이 우주와 함께하는 흐름이라면 공간에 나타난 선이 양기상이고 이 기운을 갖추게 하는 음기상이 있어. 그래서 우주 대자연의 어느 사물이든 음양조화가 아니고는 살아 있다고 할 수 없어. 따라서 우리는 음과 양으로 살아 있는 우주라고."

그가 말을 끝내기 무섭게 나를 끌어안고 입술을 빨았다. 몸이 무중력 상태로 공중에 떠 있는 듯 정신이 아득해졌다. 그가 나의 이마며 목덜미며 블라우스의 앞단추까지 열며 유방조차 더듬는 것을 왜 나는 뿌리치지 못할까. 나의 오감은 그의 열정에 녹아들었다. 이래선 안돼. 안돼.

준석은 그 이후로 매일 전화를 해왔다. 그를 거부하면서도 받아들이는 모순된 이중성에 나는 스스로가 괴로웠다. 난 하루에도 몇 번씩 마음속으로 '남편을 사랑한다' 라는 말을 했다. 남편을 배신하는 부도덕한 아내가 되고 싶지 않았다. 그러나 매일 전화선을 타고 감지되는 그의 열정에서도 생명력을 느꼈다. 그것은 곧 그의 육체였다.

준석과의 입맞춤에 함몰되었던 그날 이후 얼마 동안 남편과 말할 때 눈을 똑바로 보지 못하고 다른 일을 하는 척하며 시선을 피하곤 했다. 그리고 남편과의 관계에서 너그러워진 자신을 발견했다. 남편이 가지고 있는 좋은 덕목, 온화하고 너그러운 인격적 인품에 그것만으로도 행복해지자며 나 자신을 담금질했다. 난 김준석에 대해 열려 있는 나의 뜨거운 감정에 자물쇠를 채웠다. 그리고 어느 날, 그와의 전화에서 남편과 조용히 평화롭게 살고 있는 나를 유혹해서 흔들지 말라고 말했다. 내 말에 준석이는 화가 극도로 났는지 한동안 말도 안하고 가만히 있다가 진경, 겨우 그런 여자요? 그 말만 하고 먼저 전화를 끊었다. 나는 한동안 전화통 앞에서 떠나지 못했다. 내 눈에 들어오는 모든 현상들이 무채색으로 뿌옇게 보였다.

다음날, 난 습관적으로 김준석의 전화를 기다렸다. 이제는 전화가 오지 않는다는 사실 앞에 잠겨진 자물쇠가 덜컹거리며 소리를 냈다.

다음 날에도, 그 다음 날에도 어떠한 일에도 집중이 되지 않았다. 누드화의 콘티를 짜는데 몇 번이고 다시 짰지만 결국 하나도 완성하지 못했다. 나는 이율배반적인 모순성에 빠져 허우적거리느니 장선배에게 터놓고 말을 해 바로잡고 싶어졌다.

50여 평의 장선배의 화실은 화려했다. 화실 한 옆에는 휴식을 취할 수 있는 방을 꾸미고 침대까지 들여놓아 그곳에서 때로 잠도 자고 사랑도 했다.

장선배는 쾌활하게 나를 맞이했다. 커피포트에서 커피를 걸러내며 나를 힐긋 보더니, 너 지금도 김준석과 단둘이 만나는 것이 겁나니? 물었다.

"만나지 말자고 했어."

"누가? 준석이가?"

"아니, 내가 그랬어."

장선배는 내 말이 떨어지자 크게 웃음을 터뜨렸다.

"준석이도 거절당할 때가 있네. 자신만만하고 도도한 것이…"

장선배는 준석이가 충격이 컸을 거야, 하며 재미있어 했다. 장선배가 가지고 온 커피의 향이 향기롭다. 우리는 소파에 나란히 앉아 커피를 마셨다.

"너 준석이가 싫은 것이 아니고 남편에 대한 도덕감 때문이지? 네 말 안 들어도 알만하다."

"선배, 난 남편을 사랑해. 그런데도 왜 자꾸만 준석화백에게 감각적으로 기울어지는지, 그것이 괴로워 스스로 화가 나."

"지난 날의 역사에서 현재 이 순간까지도 일부일처제에서 벗어난 남녀관계가 계속 이어져 오고 있어. 앞으로는 일부일처제의 성도덕 원칙으로부터 점점 멀어져 대중현상으로 되어져 갈 걸. 그리고 말이야, 일부일처제의 성도덕 원칙이 시대와 민족에 따라 여러 가지 다른 현상으로 변천해 온 것을 알고 나면, 사실 성도덕의 절대적인 기준이 없다는 생각이 안 드니? 나를 봐라. 내가 잠시 좋아하거나 사랑해서 같이 잔 남자는 모두 유부남이야. 자신들의 가정을 잘 지키면서 즐기는 거야. 부인이 모르면 최선이고 알게 되면 최악이지. 단 모르게 한다는 것이 어쩌면 상대에 대한 사랑이고 예의일 수도 있지. 너 티치아노의 그림 박카날레를 보고 어떤 느낌을 받았니? 난 그 그림에서 우리가 꿈속에서 그러듯이 여자와 남자가 누구하고도 자연스럽게 즐길 수 있는 관계가 시원(始原)적인 이상임을 말해주고 있는 것 같아. 유부녀도 남편 모르게 연애하는 숫자가 점점 많아진다더라. 여자도 남자와 같이 마음 밑바닥에 육체의 욕망을 가지고 있는 것은 성적인 열정이 인간의 내재적 보편성이고 삶의 본질이기 때문일 거야. 넌 너무 고지식하고 깔끔해. 어쩜 그것이 미덕일 수도 있지만….”

난 장선배의 말을 듣고도 남편의 육체적인 결함과 거기에 따른 나의 성적 불만에 대한 말을 할 수 없었다. 그것은 그 누구에게도 말할 수 없는 우리 부부만의 아픈 비밀로 지키고 싶었다.

일주일 동안 전화를 안 한 김준석이 점심시간 1시간 전에 나의 화실로 예고도 없이 왔다. 그의 얼굴은 수척했고 눈에는 핏발이 선 듯 지쳐 보였지만 불꽃이 이글이글 타고 있었다. 나는 그의 타는 눈을 내 안으로 받아들이며 말을 잊은 채 바라만 봤다. 그는 다짜고짜 나를 포옹했다.

“화가 나서 나 역시 안 만나려고 의지를 쥐어 짰지만 견딜 수 없었소.”

그는 내 손을 잡아끌고 밖으로 나가 자신의 차에 태웠다. 차는 교외로 나갔다. 일주일간 준석의 목소리마저 들을 수 없었던 그 공백의 힘이 나를 약하게 해서 그의 뜻대로 순순히 따랐다.

이 넓은 우주 속, 지구 땅에서 우리 두 사람이 화폭이 아닌 모텔의 밀폐된 방안 침대에서 그의 그림에서처럼 그와 나는 양기상과 음기상을 구축하고 전개시켜 새로운 생명성을 유출했다. 그는 그 특유의 생명성의 마술사가 되어 마술적 선의 여러 요소를 내 몸 공간 안에서 자유자재로 진행시켰다. 우리는 마침내 양기상과 음기상과의 조화의 극치를 이뤄냈다. 나는 생명성 속에서 새로운 여자로 태어나며 울음을 토해냈다.

그의 그림에서 음의 기상은 양의 선으로 투시되어 나타났고 선이 상대적 공간으로 나타날 때 상충하면서 상생을 강하게 요구한 것과 같이, 그는 나의 여성성을 자신의 남성성으로 투시하며 지금까지 감춰져 있던 나의 성감을 깨웠다. 힘차게 발기한 양기성이 가장 강렬한 터치로 음기성에 원색을 덧칠했다.

우리는 교외를 벗어나 서울 시내로 들어올 때까지 침묵했다. 다만 핸들을 잡고 운전하는 준석이 왼손만 핸들을 잡고 오른손으론 나의 손을 꼭 잡고 놓지 않았기 때문에 두 손으로 운전하라는 내 말이 유일한 말이었다.

나는 햇볕을 받은 따뜻한 돌처럼 온기를 간직한 채 준석과 헤어져 집으로 왔다. 남편은 흉부내과 의사들의 학술세미나에 주제발표자로 선정돼 귀가 시간이 늦는다고 했다.

가정부가 집에 들어온 후부터 집안이 윤기 돌게 깨끗했고 미란이는 건강했다. 난 다른 날과 달리 오랫동안 미란이를 안아주고 같이 놀아주며 잠재우는 것도 가정부에게 맡기지 않고 내가 재웠다.

남편이 들어올 때까지 자지 않고 기다렸다. 12시 가까이 되어 들어온 남편은 술이 약간 취했고, 평소와 같이 온화하고 평화로운 표정이었다. 난 다른 때 같으면 침대에서 먼저 자거나 또는 자는 척했었다. 그러나 다른 날과 달리 남편의 상의를 받아서 양복장 안에 걸었고, 바지 역시 받아서 걸었다. 당신 오늘 웬 서비스야? 남편의 말에 난 웃으면서 착한 아내가 못 되어서 반성하느라고 그래요 했다. 그 말에 남편은 당신은 얼마나 착하고 예쁜 아내인데 하며 나를 포옹했다. 남편의 심장 박동 소리에 난 죄 지은 사람의 자책과 비애감으로 눈물이 나왔다. 이렇게 좋은 남편인데, 모든 것을 털어놓고 싶었다. 그러나 그것은 나 자신의 죄책감을 없애려는 이기적인 잔인한 짓일 수도 있다. 장선배의 모르는 것이 최선이라는 말이 큰 위안이 될 줄 몰랐다.

남편은 나를 침대로 이끌었다. 지금까지 보였던 히스테릭한 갈증을 보이지 않고 오히려 섬세한 몸짓으로 대했다. 그런 나를 남편은 위축되지 않은 만족감으로 더욱 깊고 길게 포옹했다. 내가 그렇게 관대해졌던 것은 준석과 나누었던 열정이 남편과의 사랑에 밑그림이 되었기 때문이다.

나는 시간이 갈수록 죄책감 없이 대범해졌다. 남편에게는 정신적 교감과 경제적 혜택, 가정의 평화를, 준석에게는 육체적 교감을 나눠 가지며, 한 때 육체의 욕망과 정신적 충일 사이에서 겪었던 충돌의 불균형을 이제는 균형을 잡게 되었다.

남편은 내게 당신 그림을 다시 그리기를 참 잘했어, 내가 뭐 도와줄 것 없어, 하고 물었다. 난 남편에게 나의 나신의 포즈를 디지털 카메라로 촬영해 달라고 했다. 남편은 대답 대신 놀란 눈으로 나를 바라봤다.

지난 날 모텔에서 벗은 내 몸을 보며 허리에서 허벅지로 흘러내린 선과 히프에 이어지는 곡선, 유방의 둥근 융기 하나 하나가 작품이라던 준석의 말에 내 누드 작품에 내가 모델이 되겠다는 생각을 갖게 되었다. 장선배가 추천해 준 모델의 허벅지가 너무 말라서 다리 가운데에 둥근 공간이 생겨 나의 작품 이미지에 맞지 않아 고민하던 중이었다.

난 남편에게 내 작품 구상에 맞는 모델을 구할 수가 없어서라고 변명했다. 남편은 빙긋 웃으며 내가 촬영뿐만 아니라 연출까지 해주지, 유쾌하게 말했다.

일요일이면 화실은 촬영장으로 바뀌었다. 벽면 배경과 바닥은 자줏빛 벨벳 융단과 검은 벨벳 융단 두 가지 색감을 정했다. 그래서 작품 이미지에 따라 색상을 바꾸기로 했다.

첫 작품은 먼저 자줏빛 벨벳 융단으로 벽면의 배경과 바닥을 깔았다. 조명은 농밀한 분위기를 주는 붉은 색 백열등을 뒤에, 옆에, 위에 설치했다. 남편은 꼼꼼하게 준비하고 카메라를 들었다.

나는 옷을 하나하나 벗었다. 벗어 놓은 옷들은 빛바랜 커튼처럼 궁색해 보였다.

나의 나신은 조명 속에서 둔부를 정면으로 보이게 돌아서서 허리를 약간 비틀며 서 있었다. 나는 나의 육체에 시각적 전체상의 이미지를 각 세부별로 파악하고 있지 않았다. 다만 여체의 해부학적 차원을 넘어선, 내가 유추해낸 이상적 이미지의 여체의 포즈를 취했다.

벽면과 바닥의 배경을 바꿨다. 이번엔 검은 벨벳 융단을 깔고 조명을 어둡게 해서 나의 나신이 하얗게 빛나 보이게 했다. 오른손이 왼쪽 어깨를 잡은 모습으로 유방이 옆으로 살짝 보이게 상체를 왼쪽으로 돌려 포즈를 잡았다. 나의 두 눈은 상기되었고 정면을 바라보았다.

조용한 실내에서 남편의 침 삼키는 소리가 들렸다. 목울대가 떨렸다. 그의 성기가 바지를 거부하며 수직으로 일어섰다. 그의 숨소리가 거칠어지고 동공이 확대되면서 카메라를 아무렇게나 내려놓고 빠른 동작으로 내게 달려들더니 포옹을 하며 바닥에 쓰러뜨렸다. 나를 잡은 두 손 중 하나가 바지를 내리려고 내 몸에서 떨어져나간 틈에 남편을 거칠게 밀쳐냈다. 남편은 다시 나를 안으려 했지만 난 더욱 거칠게 밀어냈다.

"내 작업장에서 포르노를 만들지 말아요. 당신의 성적 충동으로 내 그림의 이미지를 망가뜨려서는 안 된단 말이에요."

남편은 일어나서 반쯤 내려진 바지를 올렸다. 촬영을 다 끝내고 집에 와서도 남편은 자신의 성적 열기를 몸속에 가두고 위축된 모습을 보였다. 관능의 문을 닫아 건 담백한 아내로 생각했었고, 렌즈를 통해 보게 된 폭발 직전의 관능을 가졌음에도, 그림을 통해 누드의 미학으로 승화시키려는 아내인 내게 연민과 미안한 마음이 깊어진 것 같았다.

남편의 위축된 모습이 나의 마음을 아프게 했다. 그날 밤 나는 남편을 위해 지금까지 사용하지 않았던 세밀화 같은 서비스를 해줬다.

사진이 기대했던 만큼 형상이 살아나지 않아 실망했지만 그것은 어디까지나 건축물의 설계도처럼 그림의 기틀일 뿐이다. 누드화에서 근육의 율동감을 생생하게 살리는 것은 작가가 가지고 있는 창의적 상상력이었다.

나는 사진 한 장을 골랐다. 막 목욕을 끝내고 침실로 걸어가는 듯한 포즈의 사진이다. 그 사진을 가지고 여러 가지 형상의 드로잉을 수십 장은 하였다. 하루, 이틀이 꼬박 걸렸다.

그 중 마음에 드는 드로잉화를 골라서 사각 공간의 화폭 안에 집어넣었다. 정확한 묘사력을 탈피해 무언가 나만의 조형 언어를 찾아내어 지금까지 발산할 수 없어 억제되어 왔던 욕망과, 준석을 만나서 발산한 욕망을 대비시켜 가시적인 현실의 세계로 끌어내 몽환적으로 그려나갔다.

나의 붓놀림은 처음에는 조심스럽게 나가다 어느 순간 격렬한 표현으로 즉발적인 화면 전개를 했다. 농밀한 광물질의 색감으로 나부가 탐스럽게 둔부를 보이면서 한쪽 발을 살짝 굽혀 비틀어진 허리의 근육선과 둔부의 근육을 강약으로 표현했다. 허벅지와 무릎은 발의 운동을 받아 근육의 움직임이 살아 보이게 했다. 현실색에 바탕을 두면서도 나만의 색채 언어인 빨강색과 검은색의 색상 대비를 통해 나의 내면의 갈등을 표출했다.

사실화는 세밀하고 정확한 묘사로 재현성에 미적 가치를 두는데 그 재현성을 너무 쫓다 보니 개성 있는 표현이 어려웠다. 그래서 나는 사실에서 구상으로, 구상에서 반구상 그리고 환상의 세계로 들어갔다. 환상적인 화면 연출을 시도하며 30여 일간 이 작품에 매달려 완성시켰다. 하루를 휴식한 다음 작품으로 들어갔다.

여러 가지 포즈의 사진들 중에서 하나를 선택해서 드로잉화부터 시작했다. 이번에도 100호 화폭에 나의 정신세계를 바탕으로 이 작품 역시 나부를 정확하게 표현하기보다는 흐릿하고 몽환적인 느낌의 방식으로 하기로 했다. 이 표현 방식은 곧 나의 언어이고 심상이다.

여체의 돌출된 부분은 상상력을 마음껏 부풀려서 과장되게 그렸다. 곧 터질 것 같은 풍선처럼 유방을 확대했고, 여체의 음모 묘사는 생략하고 볼록한 음부를 작은 언덕처럼 솟아나게 그려서 바라보는 이로 하여금 은밀한 유혹을 뛰어넘어 풍요롭게 바라보게 했다.

지금으로부터 60여 년 전, 1930년대 모딜리아니는 자기의 애인을 모델로 해서 그린 누드화에 음모를 그려 넣은 작품을 전시하다 당국에 의해 퇴출을 당했다.

여체화의 역사는 풍속의 변천사를 대변하고 있다. 인류 역사상에서 가장 아름답다고 하는 고대 그리스의 여체상도 사실은 그리스의 역사가 1천 년이나 지난 뒤에야 나왔었다. 여신들이 하늘거리는 엷은 옷 속에서 풍만한 육체가 움직이는 듯한 여체상은 현재 아테네 미술관과 런던의 대영박물관에 있다.

여체화에서 나체화로 발전된 것도 완전 나체가 아닌, 한 손은 유방을 또 다른 손으로는 여체의 그곳을 가리고 있다. 중세기에는 여자의 나체를 악마를 보듯 꺼려했고, 정신적인 것을 추구하는 기독교 문화가 지배해서 여자들은 두꺼운 옷으로 자신들의 육체를 머리 위부터 발끝까지 가렸다. 르네상스 시대에는 실제 현실에서 볼 수 있는 여자가 아닌 고대 신화에 나오는 여신을 이상적인 여체로 그렸다.

레오나르도는 나체 모델을 구할 수가 없어서 교수대에서 사형당한 죄수의 시체를 몰래 가져와서 외형적인 것만이 아닌 근육의 융기와 흐름을 제대로 파악하기 위해 가죽을 벗겼다. 그리고 어깨, 알통, 허벅지 등의 근육이 두드러진 각 부분을 정확하게 스케치했다.

레오나르도는 여자하고 한 번도 동침을 안 해봐서 남녀의 섹스 행위 때의 정확한 교접 방법을 몰라 남녀 교배의 해부학적 상상도에서 자세히 묘사하지 않고 케리커처처럼 그렸다.

그리고는 여백란에 '남녀의 교접이 지극히 동물적이다. 나는 그런 장면을 상상만 해도 구역질이 날 지경이다' 라고 메모했다.

나는 계속해서 유방, 음부뿐만 아니라 복부, 둔부, 허벅지 등을 터질듯이 부풀려서 그렸다. 시각적인 기교보다는 정신적인 색채를 표현하기 위해서 혼합재료를 사용했다. 황색 톤의 색감을 내어 독특한 분위기를 연출했다.

남편은 그림 작업에 방해가 된다며 화실에 오는 것을 삼갔고 전화도 하지 않았는데 오후 2시쯤 전화를 했다. 결혼기념일이니 퇴근 후 같이 저녁 식사를 하러 가자며 화실에 들르겠다고 했다. 나는 그림에만 온 정신을 쏟고 있어서 결혼기념일을 잊고 있었고, 설혹 기억하고 있었다 하더라도 남편이 기억하지 않는다면 그냥 넘기려고 했었다.

나의 시계(視界)는 오직 화폭 안에서만 그 기능을 발휘해서 몇 시가 됐는지, 남편이 왔는지도 모르고 매달려 다이나믹한 붓놀림을 하고 있었다.

"아무리 그림이라도 과장이 너무 심한 것 같은데."

남편의 말이었다. 나는 붓놀림을 멈추고 남편을 돌아다봤다.

"당신이 상상한 누드화가 아니라 실망했어요?"

"이 그림을 보면 당신이 모델이라고 누가 상상이나 하겠어? 그게 마음에 들어요."

나는 웃으면서

"그림은 마음에 안 들고요?"

"난 그림에 문외한이잖아요."

"보는 대로 느끼며 감상하면 돼요. 그저 느낌을 말해보세요."

"전통적으로만 생각해 온 누드화가 아닌 파격적인 그림인 것 같소. 여체의 형상이 적절한 색감 속에서 환상적인 분위기를 풍기기도 하고, 그리고 누가 봐주지 않아도 당신의 기쁨이 담겨져 있으면 되는 것 아니오? 말하자면 창작의 노고가 깃든 당신만의 기쁨 말이오."

남편의 말이 옳았다. 나는 작업복을 벗어 평상복으로 갈아입고 남편이 예약해 놓은 청담동에 있는 프랑스 식당에 갔다. 우리는 와인과 곁들여 랍스터와 민어스테이크를 먹었다.

따뜻한 조명비추는 아늑하고 편안한 실내에 말러의 미완성 교향곡이 흘러나와 공간 곳곳을 누비고 있다. 내면의 갈망을 밖으로 외치고 있는 그의 음악은 실내에 있는 우리 부부를 비롯해 고독한 영혼을 가진 사람들은 위로할 것이다.

남편은 수수알 같은 루비알이 화이트 골드 사이사이에 박혀 있는 목걸이를 케이스에서 꺼내 직접 내 목에 걸어줬다. 루비의 빨간 색은 불빛에 반사돼 색의 분자가 순간적으로 분해되는 듯하다가 다시 집합시키며 자신의 빨간 색깔을 오만하게 뽐내고 있다.

요즘 들어 어머니가 평소 보이던 모습에서 빗겨나간 듯 딱 집어서 말은 할 수 없지만 평상심을 잃은 것처럼 보였다. 초조한 듯 불안해 보였고 때로는 그늘진 어두운 모습을 하고 있었다. 항상 밝고 여유 있어 느긋해 보이던 어머니의 어두운 모습이 생경스러웠다. 따뜻한 품성으로 학교 교직에 있을 때도 동료 교사들은 하나같이 어머니를 좋아하고 따랐다. 난 그런 어머니가 자랑스러웠고 존경스러웠다. 모녀 갈등을 겪으며 입씨름을 하는 친구들과 달리 난 한 번도 그런 적이 없었다. 나는 걱정이 되었다. 무슨 말 못할 사정, 건강상의 문제가 생겨서 저렇게 불안해하는 걸까.
"엄마, 어디 몸이 아프세요? 얼굴이 안 좋네요."
"그렇게 보이니? 아픈 데 없다."
"뭐 걱정거리가 있어요?"
어머니는 그 밝고 느긋한 웃음을 보이며 나를 안심시켰다. 그리고 나서 나의 손을 잡아 한참을 쥐고 있다 놓으면서
"그림은 잘 돼가니?"
"대작 두 점은 끝내고 요즈음은 소품과 드로잉화 작업에 들어갔어요."
어머니는 저녁 식사를 집에서 우리와 같이한 후 미란이를 안아주며 같이 놀아주다 집으로 돌아갔다. 우리 집에서 같이 살자고 몇 번을 말했지만 어머니는 아직 혼자 살아갈 수 있는데 왜 딸한테 짐이 되냐며 끝내 사양하고 있었다.
미란이는 이제 엄마인 나보다도 가정부를 더 따랐다. 내가 빨려

고 숨겨 놓은 속옷마저 찾아내서 깨끗하게 빨아 서랍장에 채곡채곡 넣어 놓는다. 가정부의 정성이 속옷에서도 하얗게 담겨 있었다. 집안일뿐만 아니라 미란이를 돌보는 것조차도 말로 생색을 내지 않고 행동으로 보였다. 나는 가정부에게 점점 집안 살림의 모든 것, 마트에 가서 식료품 사는 것뿐만 아니라 문갑 안에 귀중품인 등기권리증, 증권, 채권, 통장, 값나가는 패물, 현금 등이 들어 있는데도 잠그지 않고 믿게 됐다. 이제는 가정부가 집안일을 해 주는, 잠시 얹혀사는 사람이 아니라 가족같은 관계가 자연스럽게 형성되었다. 남편 역시 어머니를 고등학교 2학년 때 잃은 아픔으로 장모인 어머니에게는 물론이고 가정부에게도 어머니 같은 정을 느끼고 있었다.

평일과 다르게 좀 일찍 집에 도착해서 현관문을 열고 들어간 어느 날, 어머니와 가정부가 탁자에 서류 같은 것을 놓고 굳은 표정으로 무슨 얘기를 주고받다 나를 보자 놀란 듯 주춤했다. 어머니는 탁자에 놓인 종이를 급하게 거둬들여 백에 넣었다.

"아주머니한테 뭐 좀 확인할 일이 있어서…."

어머니는 내가 묻지 않은 말을 얼버무리듯 말했다.

"엄마, 오늘은 시간이 있으셨나봐."

"시간이 있어서라기보다 미란이가 보고 싶어서 옷 사가지고 들렀다."

며칠이 지나서였다. 어머니는 내게 가정부를 내보내고 다른 사람으로 바꾸자고 했다. 난 놀라며 좋은 가정부인데 왜 그러냐고 물었다. 어머니는 주저하다가 미란이를 저 혼자 독점하다시피해서, 라고 했다. 나는 웃음이 터졌다.

"엄마, 왜 그렇게 어린애 같아졌어요. 엄마답지 않게…."

어머니는 웃는 나를 보며 시무룩해졌다. 논리적인 어머니의 평소의 언행이 아니라 망녕의 초기 증세가 아닌가 싶어 그 이후부터 죽 지켜봤지만 모든 것이 정상적이라 안심했다. 한달쯤 지나서 어머니가 화실에 들렀다. 어머니의 얼굴은 초조해 보였고 뭔가 내게 할 말이 있어서 온 것 같았다. 눈으로는 완성된 그림을 보고 있지만 생각은 다른 곳에 있었다. 그러나 딸인 내게도 인사성 있게

"에로틱한 누드화가 아닌 좀 색다른 누드화로구나."

난 어머니 곁으로 가서

"이 작품의 모델이 누구인 것 같아요?"

"직업 모델 개개인을 내가 알 턱이 없지 않니?"

"바로 저 자신이에요."

내 말에 어머니의 놀라운 눈길이 다시 그림으로 향했다. 나는 어머니에게 내 내면에 깊숙이 숨겨져 있는 욕망의 갈증을 설명하지 않았다. 그 갈증을 준석에게 풀지 못하였다면 내 그림은 욕망의 갈급 한 가지 테마로 그려 나갔을 것이다.

작품에서는 응축된 욕망의 열기가 사각의 공간 안에서 부드럽게 풀어져 여체의 몸 근육 하나하나에 분방한 생명력으로 살아 숨쉬고 있었다.

어머니는 끝내 속마음을 털어내지 못하고 돌아갔다. 3일이 지난 후 어머니가 미란이를 데리고 화실에 또 들렀다. 작업에 방해가 안 되게 점심만 같이 먹고 들어간다고 했다.

전에 없이 미란이를 자주 데리고 다니는 어머니를 보고 걱정이

됐다. 어린애 같은 말을 한다고 웃어넘겼던 가정부와 미란과의 밀착된 관계를 여전히 독점으로 생각하고 있는지 어머니의 사고 능력이 다시 불안해졌다. 그러고 보니 어머니의 표정은 어둡고 불안해 보였다. 나는 어머니에게 진지하게 물었다. 뭣이 어머니를 불안하게 하는지, 무슨 걱정거리가 생겼는지 딸인 내게 말해 보라고 했다. 어머니는 뭔가를 생각하는 듯하더니 가정부를 정말 내보내기 싫으냐고 했다. 합리적이고 사려심이 깊은 어머니답지 않은 말에 난 당혹했다. 그러나 어머니가 정 원하신다면 생각해 볼 테니 시간을 좀 갖자고 했다. 덧붙여서 작품들이 완성되어 전시회를 끝낸 다음에 내보내겠다고 했다. 이해할 수 없는 어머니에 대한 의구심은 없어지지 않았다.

1년여 작업 끝에 S화랑에서 전시회를 가졌다. 전시회의 명칭을 '쉼표의 욕망' 이라고 붙였다. 전시회 전날 오후 5시, 가까운 친지들을 초청해 화랑에서 조촐한 자축의 모임을 가졌다. 남편은 병원 일이 바쁜데도 전시회를 위해서 세심하게 준비를 해줬고, 장선배는 자신의 일처럼 도와줬다.

남편은 화랑에 진열된 그림을 자랑스런 마음으로 하나하나 감상했고, 어머니는 세 살이 된 미란의 손을 잡고 전시장에 나왔다. 5시가 조금 넘어 준석이 왔다. 장선배는 준석을 맞이하여 파트너로서 같이 전시한 그림을 돌아보며 남편에게 자신의 남자친구라고 인사까지 시켰다. 남편은 준석의 프로필을 장선배로부터 듣고 나서 화가의 아내를 둔 남편의 입장에서 많은 지도 편달을 바란다며 예의 바르게 허리를 굽히며 인사를 했다. 나와 눈이 마주친 장선배는 눈 하나를 찡긋하며 메시지를 보내왔다. 난 메시지가 담고 있는 뜻을 알고 있다. 남편과 준석과의 만남을 불안해하는 내게 안심을 시키려는 장선배의 배려라는 것을.

　유화 1백호가 3점이고 20, 30호가 10점, 10호 이내가 10점 모두 스물 한 점의 유화와 드로잉화가 진열되었다. 어머니는 모임이 끝나는 대로 우리와 같이 집으로 가기로 했지만, 두 시간 정도 지나자 심심해서 칭얼대는 미란이 때문에 집으로 먼저 들어갔다. 어머니가 돌아가고 나서 얼마 안돼서 가정부가 화랑 안으로 들어왔다. 나는 집을 나올 때 오늘 전시회 전야에 자축 모임이 있으니 미란이를 데리고 나올 수 있으면 오라고 했었다. 언젠가 미란이와 놀아주면서 종이 위에 그림을 그려 보이는 솜씨가 예사 솜씨가 아니었다. 미술적인 감각은 타고났으나 제대로 그림 공부를 못했나 싶었다.

　가정부는 말쑥한 감청색 투피스에 프릴이 달린 하얀 블라우스를 입고 머리는 전체를 뒤로 넘긴 시니욘 스타일을 했다. 가정부라 할 수 없는 품위와 지적 세련미가 뿜어 나오고 있었다. 그녀의 손에는 빨간 장미가 소복하게 담긴 꽃바구니가 들려 있었다. 나를 보자 환한 미소를 보이다가 주저하는 듯한 복잡한 표정으로 진심으로 축하한다며 꽃바구니를 내밀었다. 난 잘 오셨다며 반갑게 맞이했다.

　그녀는 그림 앞에서 오랫동안 바라보고 또 다른 그림 앞에서도 오랫동안 보곤 했다. 장선배는 그녀를 알아보고는 평소의 그녀답지 않은 자태에 놀라며 호기심으로 물었다.

　"아주머니가 보기에 그림이 어때요? 누드화라 야하지 않나요?"

"내가 그림을 뭐 아나요. 그냥 좋아할 뿐이에요."

"그림을 아주 좋아하시는 것 같아요. 느낌대로 말해주세요. 애호가 입장에서요."

"그냥 나의 느낌인데 거친 질감과 양감의 묘한 대비가 잘 어울려요. 반구상으로 표현한 누드라 예술성이 높아 보이구요. 몽환적인 분위기가 아주 독특해요."

선배와 나는 여인의 의외의 발언, 전문용어까지 들먹이는 말투에 충격에 가까운 놀라움을 느끼며 그녀를 바라봤다.

새삼스럽게 그녀의 과거가, 인생살이가 궁금해졌다. 저렇듯 지적인 여성이 무슨 사연으로 육십이 가까워 오는 나이에 가정부 노릇을 해야 하는지. 어머니가 왜 그토록 내보내라고 하는지도.

10시가 조금 넘어 모임을 끝냈다. 준석이는 헤어지면서 나와 악수를 할 때 손을 꼬옥 잡았다 놓으며 장선배와 같이 갔다. 남편 차에 가정부를 태우고 집으로 돌아오면서 남편이 말했다.

"아주머니 오늘 참으로 멋지셨습니다. 젊으셨을 때 사람들의 시선을 잡아 끄는 미인이셨겠어요."

가정부는 남편 말에 좋아하지 않고 얼굴이 미인이면 뭐해요, 마음이 미인이래야죠, 하고 씁쓸하게 자조하듯이 말했다. 남편은 더 이상 말을 이어가지 않았다.

어머니는 미란이를 잠재우고 거실에서 TV를 보며 우리를 기다리고 있었다. 우리 뒤에 가정부가 뒤따라 들어오는 모습이 보이자 얼굴이 하얗게 질리듯이 화를 냈다. 난 그런 어머니의 모습을 처음 보았다.

"아니, 아주머니가 전시장 그곳이 어디라고 가봤단 말이에요.

집을 비워 놓고.”

힐난하듯 날카롭게 말했다. 평소 볼 수 없었던 어머니의 감정적으로 흐트러진 언사에 이해를 못하며 내가 나섰다.

“엄마, 아주머니에게 제가 미란이를 데리고 전시장에 오고 싶으면 오라고 했어요.”

“미란이는 내가 데리고 갔으면 집에 있어야지, 전시장이 어디라고 올 수가 있니? 분수가 있어야지. 집에 미란이를 데리고 와 보니 아주머니가 안보여 난 놀랐잖아.”

어머니는 더욱 감정적으로 치달았다.

가정부 여인이 불쌍한 생각이 들었다.

“엄마, 평소 미란이한테 그림그려 주는 것을 보니깐 잘 그리길래 그림 전시를 보고 싶어할 것 같아서 나오라고 했어요. 화나신 것 푸시고 그만 나무라세요.”

가정부는 죄 지은 듯 고개를 숙였다.

“잘못했어요. 제가 생각이 짧았어요. 제가 감히 그곳이 어디라고…, 간 것이 분수에 맞지 않지요. 잘못했습니다. 미란이 할머니….”

잠시 뒤 옷을 갈아입고 나와서 녹차를 타드릴까요, 말했지만 어머니의 얼굴에는 지친 듯 어두운 그늘이 더욱 짙게 덮여 있었다. 어머니와 가정부 사이에 뭔가 말 못할 사연이 있는 것 같았다. 어머니는 차를 안 마시고 집으로 돌아갔다.

일주일간의 전시회는 잘 끝냈다.

그 다음날, 화실에서 화랑에서 돌아온 작품들을 정리하고 있는

데 준석이 왔다. 그가 작품 정리를 거들어 줘 오전 중에 일을 끝낼 수 있었다. 꼭 데려가서 보여주고 싶은 곳이 있다며 그가 차에 나를 태우고 남한산성을 넘어 양평으로 나갔다.

뒤에는 강이 흐르고 앞에는 큰 도로가 있는, 경관 좋은 곳에 세워진 건물 앞 잔디가 깔려 있는 마당 한 옆에 차를 세웠다.

1, 2층 200여 평 규모의 스튜디오에 1층은 준석의 작품 전시장이고 2층은 주거용 원룸과 작업실로 나누어져 있었다. 국내에서보다 해외에서 더 잘 알려진 준석이는 미국 뉴욕과 프랑스 파리에 있는 상설 갤러리에서 그의 작품전시를 할 때마다 그림애호가, 수집가들이 그림을 구매해서 가난한 국내 화가들에 비해 고수익을 올리는 귀족화가 중의 한 사람이었다.

그는 어렸을 때부터 조부에게 동양적인 정신을 익혔고, 대학 졸업 후 프랑스에 가서는 서구적인 사상을 받아들였다. 그는 동양적인 주제와 정신 속에서 사물을 통한 의식을, 의식을 통해서 현대적인 조형을 생각했다. 그때 그린 데생화나 스케치화만도 3천여 장이나 되었다. 그의 그림은 서양적인 물질주의 위에 인간화를 추구하는 우리적인 것을 그려 세계적이 될 수 있었다.

작업실에는 작업 중이던 화폭이 펼쳐져 있고 서너 개의 안료통과 붓, 나이프 등이 질서 없이 놓여 있었다. 구석 한 옆에는 채집한 암석, 조선 기왓장, 부대에 담긴 황토가 쌓여 있는 것을 보니 직접 안료를 가공한다는 말이 기억났다.

작업실 뒤 쪽에 1미터 정도 폭의 짧은 복도를 지나서 문이 보였다. 준석이는 문을 열고 나를 그곳으로 안내했다. 준석이가 주거하는 원룸이다. 제일 먼저 눈에 확 들어오는 것은 준석의 그림으로 프린팅한 침대보와 커튼이었다. 그로 인해 방안은 작은 우주 공간 속에 떠 있는 듯한 느낌을 줬다.

준석이는 미니 냉장고에서 와인을 꺼냈고 과일과 치즈, 아몬드, 육포를 침대 앞 탁자에 놓았다. 나를 끌어다 침대에 앉히더니 자신도 내 옆에 나란히 앉았다. 우리는 와인을 마셨다. 그가 길다란 손가락으로 머리를 쓸어 넘기면서

"자기애가 지나친 내가 여자에게 집중하지 못해 쉽게, 쉽게 헤어져 왔었는데 이젠 진경이 앞에선 인생을 저당 잡힌 꼴이 되었어."

그는 와인을 입안에 넣어 자신의 목으로 흘려 넘기지 않고 내 입안으로 흘려보내며 나를 안았다. 우리는 시간이 멈춰진 우주 안에서 바닷속의 고기들처럼 즐겁게 유영하였다.

그는 그의 그림 터치와 같이 내 몸에서 느리고 부드러운 운율적 흐름과 빠르고 강한 리듬의 대비로 우주의 자유로운 선의 생동감, 물질적 문화를 넘어선 자연의 거친 질감으로 토해내고 있었다.

나를 향한 이 뜨거움이 한때의 열정인지, 사랑인지 분별하는 것조차 부질없는 짓이다. 어느 것이 더 옳고 그르다는 절대적인 원칙이 없으니까. 준석이는 내 몸속에서 불꽃이 터지는 찰나의 극치를 느꼈을 때 합일과 해체를 나와 동시에 느꼈는지 모른다. 해체의 순간에는 남편에 대한 사랑이 비애감으로 스며든다.

나는 남편을 사랑한다. 남편과 나는 뜨거운 열정이 식었다 하더라도 우리는 정신적, 정서적으로 서로를 존중하며 존경한다. 그것이 사랑이 아닐까. 남편은 사시사철 푸르른 소나무처럼 내게

변함없는 사랑을 주고, 내가 그 소나무에 자양분을 주며 가꿀 수 있는 것은 준석이가 내게 햇빛과 물을 줬기 때문이다.

준석이 나의 이중적 사랑의 잣대를 알아 채기라도 한 듯

"세상에는 하나의 진실, 하나의 절대성의 옳고 그름의 잣대가 없어. 진경이가 남편을 사랑하듯이 나를 사랑할 수 없고, 사랑해 달라는 말은 안해. 다만 진경이는 내게서 뿜어 나오는 열정을, 아니 내 몸을 향유하면 되는 거구. 난 기성 질서, 제도에 구애받기 싫어 연애만 할 거야."

"우리 두 사람 관계의 원형만은 훼손당하지 않고, 각자 화폭에 담아 밀봉하면 되겠네요. 마침표가 아닌 쉼표를 찍으면서요."

우린 다시 욕망을 관통하는, 뜨거운 숨결을 토해 내며 마침표가 아닌 쉼표의 욕망을 똑같이 찍었다.

가정부의 얼굴은 눈물 자국으로 눈자위가 뻘겋게 부어올랐고 어머니의 그녀를 바라보는 눈은 냉랭해 보였다. 가정부에 대해 연민이 솟았지만 어머니의 감정을 존중해서 모른척했다.

가정부의 얼굴엔 웃음이 없어졌다. 미란이가 재롱을 떨 때만 웃음을 보였고, 그 외엔 쓸쓸한 어두움을 보였다. 그녀의 쓸쓸한 어두움이 내게도 전해져 아픔을 느꼈다. 어머니가 집으로 돌아간 후 물었다.

"엄마한테 야단맞을 일이 있었어요? 나한테 털어놓고 말해 보세요."

전시회를 끝낸 다음 그녀를 내보내겠다는 어머니와의 약속이 되살아나 뭔가를 알고 싶어 물어봤지만 말을 하지 않았다.

"엄마한테 어떤 억울한 오해를 받고 있나요?"

가정부는 내 말에 손사래까지 치며 아니에요, 라고만 했고 더 이상 말을 하지 않았다.

가정부는 이틀에 걸쳐 집안 구석구석 보이지 않는 곳까지 들춰 가며 대청소를 했다. 그리고 다음날

"저, 그만 둬야 할 사정이 있어요. 가정부를 새로 물색해야겠어요."

"엄마가 그만두라 하시던가요?"

"아니에요. 내게 사정이 생겨서 그래요."

그녀의 눈에 눈물이 고였다. 나는 간곡하게

"엄마가 뭔가 오해가 있어서 나가라고 한 것 같은데, 그 오해를 풀고 나가지 마세요. 우리 부부는 아주머니를 얼마나 좋아하는데요. 미란이는 어떻게 하고요. 엄마인 나와 외할머니보다 아주머니를 더 좋아하고 따르잖아요. 이 년 이상 든 정을 끊을 수 있어요? 안돼요."

나는 마치 엄마한테 떼쓰는 아이처럼 완강하게 안 된다고 했다. 그녀는 그런 나를 눈물 고인 눈으로 바라보며

"내 마음도 아퍼요. 그런데 그럴 사정이 있어서 어쩔 수 없네요."

그녀는 눈물 줄기가 뺨 위로 흘러내리자 당황하며 손으로 닦아냈다. 드러낼 수 없는 깊은 사연이 있는 것 같아 나는 더 이상 있어 달라는 말을 못했다.

가정부는 우리 집을 무대로 사랑의 전령 역할을 다 끝내지 못하고 퇴장한 불운의 배우가 됐다. 그녀가 사라진 무대의 구석구석

틈새에서는 찬바람이 불어 집안이 다 썰렁했다. 남편 역시 식탁에 올랐던 식도락의 즐거움을 갖지 못해 가정부를 잊지 못했다. 50대 초반의 가정부가 들어왔지만 미란이는 서먹해하며 떠나간 가정부를 찾았다.

어머니가 자주 들러 미란이를 봐주고 시간도 같이 보내며 여인이 없는 틈새를 메우려고 노력하지만 메워지지 않자 당황해하는 것 같았다.

가정부가 떠난 지 30여 일이 지났을 때, 오전에 화실에 나가는 길목에서 우연히 그녀를 만났다. 근처에 볼 일이 있어 지나가는 길이라며 미란이, 미란이 아빠는 잘 있느냐고 물었다. 나는 참으로 반가워서 그녀의 두 손을 잡으며

"아주머니가 떠나신 후 지금까지도 미란이는 잊지 못해 할머니를 부르며 찾아요. 애 아빠두요."

난 화실에 나가는 것을 그만두고 우리 집에 들어가 차라도 마시고 가라고 했다. 그녀는 좀 망설이다 사양했다. 난 잠깐만이라도 들어갔다가 가라고 했고 그녀는 그냥 가겠다고 실랑이하는 것을, 어머니가 마침 우리 집에 오는 길에 봤다. 여인은 어머니를 보자 황망히 가야 한다며 정중히 목례를 하고 갔다.

어머니는 한참이나 그 자리에서 못 박은 듯 움직이지 않고 여인의 뒷모습을 쳐다보고 있었다. 어머니의 모습에선 지금까지 여인에게 보냈던 팽팽한 차가움과 초조한 불안감을 보이지 않았다. 뭔가를 생각하는 듯 복잡해 보였다.

어머니는 아버지가 돌아가신 후, 기독교 신자가 되어 일요일에 열심히 교회에 나갔고, 우리 부부에게도 몇 번이나 교회에 나가

자고 했지만 듣지 않자 더 이상 가자는 말을 하지 않았다.

요즈음 들어 어머니는 5시 새벽 예배에도 매일 빠지지 않고 다녔다. 예배를 보고는 우리 집에 들러 아침 식사를 우리와 같이 했다. 근래의 어머니는 다시 옛날처럼 편안한 모습으로 돌아왔다.

그해 여름이 다가고 가을 문턱에 들어선 일요일. 어머니는 새벽 예배를 마치고 평일처럼 아침 식사를 우리와 같이 한 다음 다시 3부 예배에 참석해서 봉사를 하는 것이 어머니의 일요일 일과였다. 그날도 3부 예배를 본 후 어머니는 우리 집에 와서 점심을 같이 먹었다. 베란다 유리문을 통해 본 하늘은 뭉게구름을 가볍게 안고 파랗게 펼쳐져 있었다.

점심 식사가 끝난 후 어머니는 우리 부부를 바라보며 할 말이 있다고 했다. 무슨 말부터 꺼내야 할지 가슴부터 조여 온다며 내 말에 놀라지 말라는 말을 서두로 꺼냈다. 우리 부부는 긴장해서 식후 과일을 포크에 찍어 놓은 채 어머니의 말을 기다렸다.

"옛날에 한 부부가 있었다. 남편은 얌전한 내성적인 고등학교 수학 선생이었고 부인은 학생 때 그림을 잘 그려 미대에 진학하려 했지만 집안의 반대로 가정과에 진학을 했다. 가정이 엄한 부인의 집은 딸이 대학을 졸업하자마자 바로 결혼을 시켰다.

어느 날, 남편은 중학교 동창 3명을 집으로 초대해서 술자리를 가졌었다. 그 중 한 친구는 화가였다. 대화 도중 그 친구와 부인은 그림에 대한 화제로 교감이 이루어졌다. 그 후 남편 모르게 둘이서 만나기를 수십 번 결국 독신인 그 친구와 관계를 가지게 되었다. 우리 속담에 꼬리가 길면 잡힌다는 말이 있듯이 남편은 두 사람의 관계를 알게 되었다. 남편의 도덕적 가치로는 도저히 용서할 수 없었고, 부인 역시 용서해 달라는 말을 안했다. 백일을 막 지난 딸이 있는데도 부인은 집을 나갔고 남편은 이혼을 하였다. 이혼 당한 부인은 잘 됐다는 듯이 화가와 동거생활에 들어갔다. 그러나 그 동거생활도 몇 년을 못 가서 끝났다.

남편은 딸의 양육을 위해서라지만 부인에 대한 배신감으로 곧바로 재혼을 했다. 재혼한 여자는 인물은 별로 없고 나이도 헤어진 부인보다 3살 위인 남편과 동갑으로 32세의 노처녀 초등학교 교사지만 마음이 너그럽고 정숙한 여자였다. 교사는 곧바로 혼인신고를 하고 아직 출생신고를 안한 딸을 자신의 친자로 호적에 올렸다. 실제의 나이보다 5개월 늦은 나이가 됐다. 교사는 전처의 딸을 자신이 낳은 친자식처럼 사랑하며 정성을 다해서 교육시키며 키웠다. 예쁘게 잘 자란 딸을 인품이 훌륭한 의사에게 시집을 보내 현재 딸을 하나 낳고 부부가 의좋게 잘 살고 있단다.”

난 둔탁한 토막으로 머리통을 한 대 얻어맞아 아찔하며 도는 듯했다. 남편 역시 나처럼 놀라서 우리 둘은 말도 못하고 어머니의 얼굴만 쳐다봤다. 이럴 때 청천벽력이라는 표현이 맞았다.

우리 부부가 어떤 말도 못하고 가만히 있기만 하자 어머니는 말을 이었다.

“진경아, 너의 생모는 현재 너의 용서를 바라고 있다. 용서하고 만나볼 수 있겠니?”

나의 머릿속은 어머니의 말을 현실적으로 받아들일 수 없게 아직도 머리가 멍멍하기만 했다. 친어머니처럼 생각했던 사람이 친

어머니가 아니고, 생모가 따로 있다니….

남편이 어머니에게 물었다.

"어머니, 왜 끝까지 비밀로 덮어두시지 않고 말씀하시게 됐나요? 오히려 모르고 지내 온 것처럼 그대로 지내는 것이 최선이 아니었나요?"

"소식 없어 잘 살고 있는 줄 알았던 생모의 존재를 안 후, 나 역시 많은 갈등, 불안, 고뇌를 안고서 괴로워했었네. 하나님에게 매달렸네. 어느 쪽이 최선인지 답을 내려 달라고 새벽마다 교회에 나가 기도했네. 마침내 답을 얻고 나니 내 마음의 갈등이 가라앉고 편안해졌어. 최선의 답은 진경에게 진실을 알려야 한다는 것이지. 그것은 내가 진심으로 진경이를 내 딸로 사랑한다는 믿음을 가졌기 때문일세."

"진경아, 생모를 만나 보겠니?"

난 대답이 나오지 않았다. 좀 생각을 해봐야겠다. 아직도 머릿속은 갈팡질팡이었다.

"엄마, 난 엄마만이 나의 엄마였어. 그런데 생모란 사람을 만나서 어떻게 뭣을 용서해야 하는지, 그것조차도 남의 애기같이 와닿지 않아요."

남편의 팔이 나를 감싸 안았다.

"어머니, 진경에게 시간을 좀 주세요."

다음날 난 화실에 나가지 않고 집에서 침대에 누운 채 이 생경한 상황에 대해 여러 각도로 정리를 해보았다.

만일 생모가 가출함으로써 내게 불행이 닥쳤었다면 생모에 대한 미움이 컸을 것이다. 용서하고 싶지 않을 수도 있다. 그러나 난 어머니의 극진한 사랑 속에서 부족함 없이 유복하게 자랐다. 꿈에서조차 상상할 수 없는 생모에 대해 미움이라든가 그리움의 정서가 일어나지 않았다.

점심 때, 장선배한테 전화가 왔다.

"화실이 잠겨 있더구나. 작품전 끝났다고 마냥 늘어져 있는 것 아냐? 별다른 일 없으면 점심이나 같이 하자."

볼 수 있어도 나갈 수 없는 투명한 막에 갇혀 있는 것 같은 낯선 답답함을 토로하고 싶어 장선배가 일러준 레스토랑에서 만나기로 약속했다.

나는 화장하지 않은 얼굴에 핀으로 머리를 뒤로 고정시키고 집에서 입고 있던 드레스 위에 버버리를 걸치고 나갔다. 장선배는 먼저 와서 앉아 있다가 들어오는 내 모습을 보더니 말했다.

"아픈 사람 같잖아. 어디 몸이 안 좋으냐?"

"선배, 몸이 아니라 마음이 그래. 우선 밥 먹고 나서 말할게."

우리는 안심 스테이크와 와인 한잔씩 주문해서 먹고 마셨다. 디저트로 나온 딸기 샤베트를 먹은 후, 커피를 마시면서 내가 처한 상황을 털어놓았다.

"선배, 남편과 한 돌도 안된 자식을 두고 남자에게 마약처럼 빠져든 열정이 과연 사랑이었을까. 그것이 진정한 사랑이라 하더라도 모성보다 더 소중했을까? 난 이해가 안돼."

"진경아, 우리 같은 여자 입장에서 생각해보자. 생모는 하나만의 사랑을 절대적 가치로 둬서 마약 같은 몽롱한 환각 상태에 빠져들어 그 사랑의 판타지를 쫓았던 거야. 남녀간 정념이란 한때 불꽃 튀는 열정이고, 그 열정을 사랑으로 착각한 미혹에서 헤어나면 참으로 부질없고 허망한 것인데도 너의 생모는 그것을 몰랐던 거야. 몰랐다는 것 자체가 순진하다고 해야 하나, 순수하다고 해야 하나."

선배의 말에 나 자신을 돌이켜 봤다. 나 역시 생모처럼 남편 아닌 남자와 열정에 빠져 있다. 그러나 나는 생모와 달리 사랑을 하나만의 절대적 가치로 인정하지 않았다. 난 준석과 함께한 성적 에너지를 내 몸에 담아 남편과의 성적 갈등을 풀었고 그로 인해 부부관계의 균형을 유지하고 있다.

장선배는 일찌감치 연애를 많이 해서 사랑의 절대성, 영원성을 믿지 않는다. 열정이 내뿜는 일시적 사랑을 즐기다가 그 열정이 식어지면 누가 먼저랄 것 없이 헤어지게 되고, 그리고 다시 새로운 상대를 만나 즐기고.

"난 말이야, 육체의 탐닉 절정의 순간에 애틋한 사랑이 전신에 퍼졌는가 싶다가도 그것이 사라지고 난 뒤, 몸과 마음이 허무해져 버리는 기분을 느껴. 넌 느끼지 않니? 난 그 기분을 느끼기 때문에 프랑스의 화가 와트의 그림 '시테르섬으로의 출발'을 좋아하는지 몰라. 십팔 세기 시대상의 정서가 잘 감싸여 있는 속에 사랑과 권태, 늙음과 죽음을 향해 배를 띄우는 듯, 그 시테르섬이 사랑의 종착지인지, 인생의 종착지인지 허무한 분위기의 그림이야. 내 사랑의 반복과도 같은 즐겁고도 비애스러움, 권태로움의 인생을 화폭에 잘 표현했어."

"난 그 대작을 남편과 파리에 갔을 때 루브르 미술관에서 봤어. 프랑스 명화 중에서도 일급의 보물로 대우를 받고 있었어. 난 그 그림에서 얼마 후에 닥칠 대혁명을 예감하고 있는듯 화려한 치장을 한 인물들이 덧없는 인생살이의 그림자처럼 보였어. 귀족문화의 파멸과 죽음을 예감한 듯이 말야."

"진경아, 너의 생모가 모성을 버렸다는 딸의 미움에서 벗어나 같은 여자 입장에서 이해를 하렴. 알고 보면 인간의 욕망은 무서운 거야. 그 중에서도 육욕이 제일 무섭지. 구약성서 여러 곳에 바알신을 경배 말라는 경구가 있다. 이는 다름 아닌 육욕에 대한 근신을 말하는 것이야. 구약성서 십계명에도 간음을 하지 말라는 하나님의 경고가 있는데도 현재 이 순간에도 반도덕적이란 남녀의 외도가 멈추지 않고 발생하고 있어. 어쩌면 일부일처가 아닌 다수인하고의 통정은 인류 최초, 불특정 다수인하고 죄책감 없이 통정한 유전자가 모든 사람들의 우뇌 속에 잠재되어 있어서 인간이 멸종될 때까지도 계속 이어질 거야. 우리들 역시도 그렇잖니? 그러니 생모를 이해하고 만나보는 것이 좋지 않을까."

장선배를 만난 이후에도 선뜻 생모를 만나겠다는 말을 어머니에게 하지 못했다. 상상할 수도, 생각할 수도 없었던 생모의 존재. 마치 하늘에 떠 있는 달 속의 계수나무와 토끼 한 마리 같은 실체하지 않는 존재 같았다.

내 마음 속에서는 긍정적인 에너지와 부정적인 에너지가 충돌하고 있었다. 난 부정적인 에너지를 잠재우고 사랑하는 방법을 찾았다. 그 방법은 시간이었다.

시간이 지나자 생모에 대한 연민이 생기면서, 생모의 존재를 알고 처음 받았던 충격이 많이 완화되었다. 이제는 생경스런 낯선 존재가 아닌 궁금증을 유발시킨 존재로 전환되었다.

나는 어머니에게 생모를 만나고 싶다고 말했다.

어머니는 잘 생각했다며 생모의 집 주소를 알고 있으니 같이 찾아가 보자고 했다. 어머니의 스케줄에 따라 화요일 오전에 생모의 집을 찾아가기로 했다. 어머니는 생모에게 만나러 간다는 메시지를 보냈다.

나의 차로 어머니가 간직하고 있던 쪽지에 적힌 주소를 찾아서 분당까지 갔다. 우리가 찾던 아파트 단지에 도착했다. 107동 903호였다.

엘리베이터에 올라타서 숫자 아홉의 버튼을 누르는 내 손이 가늘게 떨렸다. 난 어머니의 손을 잡았다. 어머니는 나의 손을 꼬옥 잡아주며 나의 표정을 살폈다.

"기쁜 건지, 슬픈 건지, 아님 당황스런 건지 모를 떨림이 오네요."

"너무 긴장하지 말아. 생모를 만난다는 것은 기쁜 일이 아니냐?"

엘리베이터가 9층에 멈췄다. 엘리베이터에서 나와 903호실 앞에 서서 인터폰을 눌렀다. 너무 조심스럽게 가만히 눌러서 소리가 나지 않아 다시 눌렀다. 소리가 나자 기다리고 있었다는 듯 곧바로 문이 열렸다.

문을 열어 준 사람을 보고 나도 모르게 아, 소리를 내며 놀랐다. 가정부였다. 난 얼이 빠진 듯 움직이지 못하고 그녀를 바라봤다. 그만 들어가자는 어머니의 말에 정신을 바로 잡고 거실로 들어갔다.

실내는 깔끔하게 정돈되어 있고 값진 골동 장식품이 여기 저기 제자리를 찾아 놓여 있었다. 장식장 안에는 유일하게 내 백일 사진 하나가 해외에서 수집한 듯한 크리스탈 장식품 속에 놓여 있었다.

베란다에는 엔틱 탁자와 의자가 실용적이라기보다는 장식용으로 놓여 있었다. 30호짜리 내 그림이 35평 아파트 거실 벽면 중앙에 걸려 있고 주방 쪽에 식탁이 놓여 있는 벽면에는 10호짜리 소품이 걸려 있었다. 전시회 당시, 남편의 의사 친구들이 병원에 걸어 놓는다고 대여섯 점을 사 갔고, 그림을 감상하던 어떤 여인이 30호와 10호 소품 2점을 구입한 기억이 났다. 바로 그 그림이었다.

나는 말없이 서 있었고 생모 역시 우리들을 맞아 소파에 앉으라 하고는 차를 끓인다, 다과를 내 놓는다 갈팡질팡했다. 어머니가 먼저 말을 했다.

"진경아, 생모에게 인사를 드려라."

생모는 주방 쪽에서 나와 어머니 앞에 왔다. 그때까지도 생모는 정면으로 내 얼굴을 보지 못했다. 찻잔을 우리 앞에 놓고 자신도 의자에 앉았다.

"내가 너의 생모의 얼굴이 낯설지 않았던 것은 아버지가 미처 버리지 못했던 생모의 사진을 본 적이 있었기 때문이다. 그 사진을 발견한 너의 아버지가 찢어 없애 버렸지만, 너의 집에 생모가 가정부로 위장하고 들어와서 산 지 2년 가까운 어느 날에 가정부의 주민등록증을 우연히 봤었다. 이혼한 전처의 이름과 똑같아서 생년월일을 대조한 결과 동일인이라는 것을 알았다. 그때의 나의 충격, 불안, 갈등을 아마 너는 기억하고 있을 것이다. 진실은 감춰질 수 없는 것이라 오늘 너의 두 모녀를 상면하게 했다."

생모가 나의 눈치를 보며 조심스럽게 입을 열었다.

"진경아, 와줘서 정말로 고마워. 너를 위해 내 신분을 숨기고 평생을 가정부 노릇으로 못다한 엄마의 죄를 보상받고 싶었다. 너의 집에서 가정부로 살 때가 제일 행복했단다. 죄 많은 엄마로서 난 그저 네게 용서를 받고 싶단다."

용서? 난 생모의 말에 웃음이 나왔다.

생모의 죄지은 듯 구차한 모습에 동정보다는 오히려 화가 났다. 남편 모르게 다른 남자와 불온한 관계를 똑같이 저지르고 있는 같은 여자의 입장에서 생모를 이해해야 한다는 장선배의 말을 완전히 배신하고 감정은 엉뚱하게 다른 곳으로 치닫고 있었다.

"남편을 배신하고 모성까지 팽개치고 그 남자를 사랑했으면 끝까지 행복하게 살았어야죠. 왜 나를 찾아왔어요. 난 생모의 존재를 모르고 잘 살았어요. 행복하게. 당신은 당신의 죄책감에서 벗어나고 싶은 이기심으로 나를 찾아왔고 그리고 지금은 눈물로 용서를 빌고 있잖아요. 어쩜 그렇게 끝까지 이기적인가요."

어머니는 생각지도 않은 나의 말에 놀랐는지

"진경아, 그런 말하려고 생모를 만난 것은 아니잖니?"

생모는 고개를 숙이고 눈물을 흘리고 있었다.

생모가 내 앞에서 죄인처럼 용서를 비는 구차한 모습을 보고 왜 화가 났는지, 그것은 자식을 버린 모성에 대한 미움도 얼마간은 있겠지만 그것이 아니었다. 자신이 저지른 행위를 끝까지 책임을 지고 당당하게 살지 못하고 남자에게 버림받았고 스스로 죄인으로 자처하는 구차함이 역겨웠다. 그것보다도 평온한 나의 삶이 생모의 출현으로 뿌리부터 뒤흔들리는 낯선 정서가 내 생활을 침범하는 것이 싫어서였는지 모른다. 그것 또한 나의 이기심이 아닐까하는 생각이 미치자 내 마음은 감정에서 벗어나 객관적이 되어 관대해졌다. 마치 생모와 나 사이의 일이 아닌 것처럼….

"이제 용서를 빈다는 말은 하지 마세요. 만일 아버지가 모르셨다면 가정은 지키면서 남자와의 관계는 은밀하게 진행하다 그 미친 듯한 열정이 식어지면 다시 본모습으로 돌아와서 죄책감으로 남편과 자식에게 더 잘할 수도 있었겠지요. 그러나 잘못이 있다면 좀 더 일부일처제의 도덕적 끈으로 단단히 매지 못하고 풀어 났다는 것이에요."

모르는 것이 최선이고 남편에 대한 예의이고 사랑이란 장선배의 말까지는 차마 못했다.

"부끄럽다. 나란 여자는 참으로 한심한 사람이다. 그 남자와는 오래 가지 못하고 헤어진 후 오년여 간 혼자 살았다. 그러다 삼십대 중반에 이혼남과 재혼해서 그런대로 평온하게 살았지만 전처 소생인 남매의 반항으로 십여 년간 마음고생을 하며 살았단다. 그때마다 내가 뿌린 죄 값을 치르는 것이라고 스스로 반성하며 받아들였다. 난 자식 낳기를 거부하여 그 애들을 사랑하며 키웠다. 그건 너에 대한 죄 값이라고 생각했다. 이제는 그 애들도 결혼을 하고 나를 고맙게 생각하고 있지만, 남편은 폐암에 걸려 이년여 간 고생하다 삼년 전에 돌아갔다. 돌아가기 전에 경제적으로 부유한 사람이라 내가 부족함 없이 살아가도록 해줬다. 난 항상 너에 대해 죄인의 심정으로 살아왔다. 내가 죽기 전에 뭐든지 너에게 베풀고 싶었어. 이것만은 진심이야. 이기적이 아니야. 그러나 차마 나의 존재를 알리며 나타날 수 없었다. 가정부로 신분을 바꿔서 내 몸이 성할 때까지 너를 위해 일하고 싶었어. 그러나 네 말처럼 그렇게 함으로써 내 죄를 상쇄시키고 싶었는지 모르지. 그것을 너는 나의 이기심이라고 몰아쳐도 난 변명을 않겠다. 진경아, 마지막으로 꼭 하고 싶은 말은 네가 어떠한 욕을 내게 해도 난 그 욕하는 너의 목소리를 듣는 것마저도 행복한 엄마란다. 감히 엄마라고 말해서 미안하지만…"

이 세상의 도덕과 규율이 한 남자와 한 여자의 일부일처제를 기본 원칙으로 정해 법률로써 보호를 하고 있지만, 인간의 본성은 그것을 허물고 있다.

여자들 역시도 건강하고 멋있고 매력적인 남자를 보면 이끌림을 받는다. 누구나 남편 아닌 남자와의 낭만적인 사랑을 꿈꾼다. 다만 사회 규범의 틀을 벗어나는 위험과 거기에 따르는 불이익이 두려워 행동으로 나타내지 못하고 소설이나 영화, 음악에서 죽어도 좋아, 식의 사랑으로 대리만족한다.

남녀간 관계가 알려졌을 때, 여자가 당해야만 하는 비난과 형벌에도 불구하고 여자의 외도는 계속되고 있다.

역사적으로 남성 위주의 세상으로 내려오며 만들어진 일부일처제에서 남자들은 성의 자유를 구가하면서 축첩도 서슴지 않았고, 매춘부를 찾아가도 너그럽게 이해하며 받아들여졌다.

이제 여자들의 외도는 여자들에게만 강요한 ― 정조는 여자의 생명이다 ― 이 규율에 대한 자연발생적인 거역이 아닐까.

나의 생모, 아니 나나 장선배 역시도 그 여자들 중 하나인지 모른다.

집에 돌아와서도 생모의 — 감히 엄마라고 말해서 미안하지만
— 이 마지막 말이 내 마음속에서 날이 갈수록 슬픔으로 커져 가
라앉았다.

이 슬픔을 건져 올리기 위해서라도 생모를 자주 만나서 '감히'
라는 수식어 없이 엄마라는 말을 아무렇지 않게 하게 할 것이다.

그리고 미란이를 위하여 어머니와 생모, 우리 부부와 함께 여행
도 하고 놀이동산에 가서 즐길 것이다.

시간의 배반

　당신은 한 사람의 아내, 며느리 이전에 여성
으로서 성애적 체험에서 얻을 수 있었던 환희
를 남편이 아닌 다른 남자에게서 얻었다는 것
이 비극의 시작이 됐고, 그 원인이 내게 있었
다는 것을 알았습니다. 여자 역시 남자와 같이
마음 밑바닥 뿌리에 무의식적인 육체적 쾌락
에 대한 욕구를 갖고 있다는 것, 정숙한 여자
일수록 그 욕구를 드러내지 못하고 깊숙이 가
둬두고 있을 뿐이지요.
　이제 와서 생각하니 내 인생에서 후회스런
실패는 아내의 불륜이 아니라 아내를 용서하
지 못하였다는 것입니다.

시간의 배반

이른 아침 전화선을 타고 들려온 경주의 목소리는 평소와 달리 물기가 떨어질 듯 젖어있었다. 어머니가 돌아가셨다는 말 속에 회한과 슬픔이 가득 차 있었다.

나는 세월이 흘러도 삭제될 수 없는 그녀 어머니에 대한 기억을 되돌려 안고 서둘러 대학병원 영안실로 달려갔다. 영안실에는 무남독녀 외동딸인 경주와 남편 K, 아직 미혼인 경주의 아들이 검은 상복 속에서 인생 무상함을 뿜어내고 있었다.

경주의 어머니는 흰 국화로 장식한 검은 테의 사진 속에서 죽어서도 역시 틀 안에 갇혀있다는 것을 자조하듯 씁쓸한 미소로 나를 맞이했다. 근래에 찍은 듯 91세 노부인의 물기 하나 없는 메마른 모습이지만 앞을 정시하는 눈매 속에는 아직도 여성적인 눈길이 스며있었다.

40여 년 전, 경주의 행방을 알려고 나를 찾아 왔을 때도 딸의 가출로 인해 잠을 못 이뤄 까칠해진 오십대인데도 아름답고 우아한 자태를 지니고 있었다. 그 모습이 영정 속에서 지나간 시간의 끝에 매달려 달려 나오고 있다.

　1960년, 여고 3학년의 경주는 우리들과는 다른 자리, 말하자면 같은 또래의 친구들을 평행선으로 바라보지 않고 내려다보는 선배 같았다. 경주의 조숙한 사유에서 빚어지는 태도와 말투가 어른스러웠기 때문이다. 선생님들조차도 그녀에게는 함부로 대하지 않고 공부시간에 다른 책을 읽거나 엎드려 자도 질책하지 않았다. 그것은 무관심한 방관이 아니라 일거일동을 함부로 나무라지 않는 배려 같은 것이었다. 그녀는 우리들과 달리 학과공부에 매달리지 않았고 웬만한 세계명작을 거의 다 읽었다. 우리들에게 읽은 책에 대해서뿐만 아니라 문학에 대한 자신의 의견을 피력하는 데 긍지를 가지는 듯했다.
　당시 서구에서는 제 2차 세계대전 이후에 실존주의라는 새로운 사조의 흐름 속에서 사르트르라는 작가가 대변자격으로 나타나 그의 저서가 세계적으로 대유행하였다. 그는 사팔눈의 소유자로 대독항쟁을 한 영웅적인 에피소드를 지닌 세계적으로 유례없는 도도한 개인주의자였다. 사회적인 집단주의나 권위주의에 철저하게 반항한 진보적인 작가였다. 우리나라에도 그 낯선 용어의 새로운 철학사상이 들어왔다.
　경주는 고등학교 2학년 때 이미 실존주의에 감동했다며 그의 저서 '구토' '자유의 길'을 읽고 나서 우리들에게 내용을 얘기해 줬고, 그의 저서뿐만 아니라 사르트르와 함께 또 한 사람의 실존주의 소설가 카뮈의 극한 상황의 소설 '이방인'과 '시지프스의

70

신화' 등도 얘기해주었다.

사르트르의 영향을 받은 경주는 여고를 졸업하고 S대 불문과에 입학했고, 나 역시 경주의 영향을 받아 같은 대학교 같은 과에 진학했다.

1964년, 하늘의 별따기만큼 어려운 노벨문학상을 전무후무하게 당당히 거부한 사르트르의 행동은 세계를 떠들썩하게 했다. 경주는 그런 그의 용기에 열광하면서 열렬한 팬이 되어 그의 작품에 더더욱 빠져들었다.

같은 해, 우리나라에서는 박정희 군사정권에 의해 졸속으로 한일협정이 이루어지려 하자 서울 시내 대학생들은 연합전선을 이루어 한일협정반대의 목소리를 높이며 데모를 했다. 최루탄 발사로 서울 곳곳에 콧속과 눈을 후벼 파는 쓰리고 매운 독기가 소리 없이 점령해, 사람들은 벌겋게 흘러내린 눈물 탓에 맑은 하늘을 볼 수 없는 황량한 시대였다. 주동 학생들의 체포, 구금이 이어져 어수선하고 살벌했지만 학생들의 데모는 릴레이식으로 끊임없이 계속되었다. 나 역시 그들과 합류하여 공부는 뒤로 미루고 국가와 사회를 위해 역사를 바로잡아야 한다는 뜨거운 사명감으로 젊은 열정을 뿜어냈었다.

경주만은 우리들의 구국적인 열정이 빚은 집단행위와는 무관하게, 시대의 흐름에 대한 역사적 평가는 유보한 채 독자적인 행보를 펴나갔다. 사르트르의 청년시절 자서전이라 할 수 있고 실존주의 풀이 소설이라 할 수 있는 '구토'의 여주인공 앙뉘와 같은 행적을 밟았다. 마음에 맞는 이상적인 남자를 찾아 헤매었고, 수많은 남자들과 접촉하며 더러는 사랑도 하고 헤어지고 했다. 하지만 시시하고 따분하다면서 관계를 오랫동안 지속하질 못했다. 경주는 어쩌면 영원히 본인이 찾고자 하는 것을 찾지 못하고 나머지 인생마저 다 헛되게 소비하지 않을까 걱정했지만, 그것은 어디까지나 나의 쓸데없는 기우였다. 왜냐하면 '구토'의 남주인공 로켕탱처럼 자신의 체험과 사색을 통해 실존의 본질을 깨달았을 것이다. 실존은 각자 자신에게 있는 것이지 어느 타자에게 있는 것이 아니기 때문이다.

우리는 졸업을 했다.
나는 대학원에 진학했고, 경주는 프랑스 유학을 위해 프랑스인한테 회화 개인교습을 받는다고 했다. 우리는 예전처럼 자주 만나지 못했다.
1965년, 경주의 집 정원에 핀 칸나가 뜨거운 햇살에도 움츠려들지 않고 의연한 자세로 빨갛게 부시도록 타올라 어쩌면 재만 남기고 연소되지 않을까 하는 여름의 한낮에 경주 아버지가 54세의 젊은 나이로 돌아가셨다. 독자인 아버지 밑의 무남독녀 경주를 위해 많은 친구들이 장례식에 참석했을 뿐만 아니라 사십구재를 끝 낼 때까지 도와줬다.
경주는 친구들의 노고에 대한 답례로 우리들을 집으로 초대했다. 하얀 상복을 입은 경주 어머니의 모습이 아침 일찍 수면에 떠올라 꽃잎을 열고, 어느 순간 꽃잎을 접으며 수면 아래로 가라앉는 연꽃처럼 맑고 청초해 보여 우리들은 쉽게 시선을 거둘 수 없었다. 경주는 그런 우리들을 보며 어머니는 아버지의 축첩과 끊임없는 외도에도 불구하고 변함없이 아버지를 사랑한 보기 드문

요조숙녀라고 자랑스럽게 말했다.

　그로부터 10여 일이 지난 후 나의 집에 생각지도 않은 귀한 손님이 찾아왔다. 하얀 모시 치마 저고리를 여름하늘의 새털구름처럼 가볍게 입었고, 매끄럽게 빗어 올린 쪽진 머릿결이 젊은 여성처럼 탐스러웠지만 그녀의 편치 않은 심기를 드러내듯 몇 가닥이 귀밑으로 흘러내려 있었다. 나를 보자 반갑게 손을 꼬옥 잡으며 경주의 행방을 알기 위해 찾아왔다고 했다. 나는 놀라며 무슨 일이 있었느냐고 물었다. 한동안 표정이 복잡하게 흐려지더니 내 물음에는 대답을 않고 경주가 집을 나간 지 이틀이 지나도록 소식이 없다는 말만 했다.

　나는 2일 전 친구들과 만나고 있으니 나오라는 경주의 전화를 받았지만, 그날 다른 중요한 일이 있어 나가지 못했었다. 그 후 전화 통화조차 하지 못했다.

　경주 어머니는 반쯤은 정신이 나간 사람처럼 먼 곳에 시선을 보낸 채 우두망찰했다. 혼잣말로 '무슨 일이 생기면 안 되는데…' 여러 번 중얼거렸다. 나는 경주의 행방을 사방으로 알아봐서 꼭 찾아낼테니 너무 심려 마시라고 했다. 나의 위로에 조금은 안심이 됐는지 부탁해, 한숨처럼 말하는 눈에는 물이 고여 있었다. 내게 눈물을 보이지 않으려고 돌아서 걷는 발길이 휘청거렸다.

　내가 여자친구들에게 경주의 소식을 알아봤지만, 모두 걱정 반 궁금증 반을 뒤섞으며 놀라워했을 뿐 별 소득이 없었다. 남자친구들을 생각하던 중 제일 먼저 K가 떠올랐다. 대학교 1학년 때부터 현재까지 변함없이 묵묵히 경주를 좋아하고 있는 K의 집에 전화를 했다.

　다행히 K가 전화를 받았고 경주에 대해 물어보니 옆에 있다면서 전화를 바꿔줬다.

　"유학준비로 바쁜 줄 알았는데 남자와 동거하고 있다니… 넌 아직도 앙뉘처럼 남자를 찾아 헤매고 있는 거니?"

　경주가 무사히 K와 같이 있다는 것이 반갑고 안심이 되어 가볍게 농담으로 말을 던졌다. 경주는 즉각 내 말을 받아치지 않고 잠시 침묵하더니,

　"그럴 일이 있었어."

　낮은 목소리로 짧게 말했다.

　"어머니가 찾아오셔서 너의 행방을 물으셨어. 쓰러지시기 일보직전이더라. 무남독녀가 불효막심해서야 되겠니?"

　경주의 깊은 한숨 소리가 들렸다.

　"집으로 들어가. 네가 주장하는 계약 동거, 자유 동거도 좋지만 어머니를 생각해야지."

　나는 그때까지도 경주가 '실존이 인간을 그렇게 만든다, 즉 실존이 존재에 앞선다' 라는 깨달음을 바탕으로 자유 동거를 하고 있다고 믿었다. 경주는 우리들에게 한 남자와 여자가 서로에게 인생을 묶어두는 것은 옛날부터 내려오는 기독교적인 관습, 유교적인 관습이라며 결혼을 하지 않고 서로의 자유를 인정하면서 정신적으로나 육체적으로 구애받음 없이 사는 계약 동거를 주장했었다.

　경주는 알았다며 전화를 끊었다.

　경주 어머니의 휘청거리던 걸음걸이가 생각나서 전화를 끊자마자 경주 어머니에게 전화를 했다. 경주가 친구 집에서 잘 있으

니 걱정말라며 안심시켰다. 경주 어머니는 내 전화에 울먹이면서까지 몇 번이나 고맙다는 말을 했다. 뭔가 알 수 없는 느낌이 와 닿았다.

1개월쯤 지나서였다. 경주로부터 술 한잔 하자며 오후에 워커힐 힐탑 바에서 만나자는 전화가 왔다. 그곳은 전망도 좋고 비교적 조용한 바였다.
약속시간에 나온 경주의 얼굴이 수척해 보였다. 환한 웃음 대신 침잠한 모습이었다.
"너무 사랑하느라 살이 빠졌구나."
가볍게 던진 내 말에 웃기만 하더니 바로 술을 마시자고 했다. 우린 보드카가 들어간 칵테일 블랙러시안을 주문했다. 한 잔, 두 잔을 마시도록 경주는 말이 없었다. 나 역시 평상시와 다른 경주의 무거운 분위기에 눌려 말없이 마셨다. 석 잔의, 잔이 비어 갈 때쯤 내가 참다못해 먼저 입을 열었다.
"집에 들어 간 것 참 잘했어. K하고는 관계를 끝냈니?"
경주는 그 말에 대한 대답은 접어두고,
"넌 나의 둘도 없는 친구잖아. 너한테만은 꼭 하고 싶은 말이 있어."
잔 밑에 남은 흑갈색의 액체를 입 안에 다 털어 넣은 다음 천천히 이야기를 풀어내기 시작했다.

아버지는 집안의 일가친척뿐만 아니라 운영하는 사업체의 사원들에게 후하시고 다정한 분으로 존경을 받는 분이었다. 그런데

왜 어머니에게만은 다정한 눈길 한 점 안 주고 필요한 말 이외에
는 대화를 안 할까. 어렸을 때는 몰랐으나 중학교 다닐 때부터 차
츰 우리 부모는 내 친구들의 부모와는 다르다는 것을 어렴풋이 느
끼기 시작했다. 아들을 낳지 못해서일까. 어머니는 아내라는 자
리를 순종의 미덕 하나로 남편의 외도조차 불평 없이 받아들였
다. 사랑, 슬픔, 분노를 관장하는 기관이 제대로 작동하는지 의심
마저 들었다. 어머니의 아름다움도 아버지 앞에서는 쓸모가 없어
진 묵은 달력 같은 존재였다.

나를 대하는 아버지의 감정지수가 일정치 않았다. 어느 때는 냉
랭하게 바라보다 내 눈과 마주치면 서둘러 눈길을 돌리고, 어떤
때는 측은한 눈길로 바라보는 이중성을 보였다. 나는 집안의 어
른인 아버지가 나를 사랑하지만, 유교의식이 잔재한 가부장적인
위엄으로 속내를 드러내지 않는다고 생각했다.

고등학교에 올라와서는 어머니를 보는 시선이 좀 더 넓어졌고
깊어졌다. 형제 없이 자라난 나는 지극히 이기적이었고 주변 사
람들의 아픔이나 어려움을 도외시하며 자랐지만, 아버지가 어머
니를 대하는 녹지 않을 것 같은 결빙의 차가움은 내 가슴을 시리
고 아프게 만들었다.

어머니의 얼굴은 점점 핏기를 잃어갔다. 소리 없이 병들어갔지
만 아버지의 무관심에 가까운 냉랭함은 견고했다.

나는 할머니께 말하고 어머니를 설득해서 우리 집안의 주치의
로 있는 김해구내과의원에 가서 진료를 받도록 했다. 진찰 결과
갑상선에 문제가 있다고 했다. 김원장은 목 부위에 있는 갑상선
은 감정을 조절하는 기능으로 대부분 여자들에게 많이 발병하는

데, 희로애락 중에 분노와 슬픔에 영향을 받으며, 하고 싶은 말을 못하고 꾹꾹 눌러 참고 지내면 속에서 곪아 병을 일으킨다고 설명했다.

어머니는 오랜 기간 아버지에게 하고 싶은 말이 있어도 하지 않고, 화내고 싶어도 참으며 살아왔기 때문에 목 주변의 에너지가 억제 당해 결국 갑상선이 반란을 일으킨 것이다. 분출하지 못하고 해결되지 못한 감정이 질병이라는 형태를 빌려 나타난 것이다. 어머니의 발병은 나에게 딸로서 좀 더 성숙된 자각을 하게 만들었다.

3학년 때 늦은 시간까지 대학입시 공부를 하다 말고 아버지를 만나기 위해 별채로 나갔다. 별채 앞 정원에는 칸나가 빨갛게 피어오르고 작은 연못 주변의 형형색색 작은 꽃들은 방안에서 쏟아져 나오는 불빛에 숨죽여 있는 듯했다. 조심스럽게 마루의 유리문을 열고 들어가 방문 앞에서 아버지께 할 말이 있어 왔다고 했다. 아버지는 방문을 열고 손잡이를 잡은 채 방안으로 들어오라는 말도 없이 힐책하듯 나를 보았다. 나는 긴장이 되어서 숨을 깊이 들어 마신 후, 어머니에 대한 아버지의 이해 못할 냉대에 가까운 무관심을 불평했고, 외람되지만 아버지의 외도에 대해서도 항의했다. 딸의 입장에서보다 어머니 대변자의 입장에서 말한 것 같았다. 그러고 나서 아픈 어머니한테 좀 잘해 달라는 말을 꺼냈을 때, 금이 간 그릇에서 물이 새듯 내 눈에서 물이 새어나왔다. 소금기가 들어있는 내 눈물은 백 마디의 말보다 설득력이 강했던 것 같았다. 아버지의 굳은 표정이 물에 젖어 드는 진흙처럼 풀어지며 연민이 가득한 눈길을 내게 오랫동안 보냈다. 그 온기가 가득한 눈길 덕분에 전부터 꼭 하고 싶었던 말도 했다. 아들 못 낳는 것이 어머니만의 죄가 아니라며 여자 혼자로 이루어지는 것이 아니니 병원에 가서 두 분 똑같이 진료를 받아 보시라고 했다. 아버지의 얼굴에 씁쓸한 웃음이 번졌다. 어두운 웃음이었다.

집안 어른이라면 할아버지는 이미 돌아가셔서 할머니 한 분만 있었다. 할머니는 어머니가 나를 낳은 지 몇 년이 지나도, 아들은 커녕 딸마저도 낳지 못하자 아버지에게 측실을 두도록 했다. 측실을 두고도 아버지의 여자 관계는 방만했다. 그럼에도 자식 하나 낳아 오지 못하자 그때서야 할머니는 손녀딸인 나를 하나밖에 없는 핏줄이라며 사랑을 쏟기 시작했다. 나의 학업 성적, 일거일 동을 대견해하며 자랑하는 할머니 말 끝에 아버지의 복잡한 표정이 스치는 것을 볼 때마다 나는 혼란스러웠다.

어머니의 갑상선 치료기간 중 아버지의 냉기류가 멈추는 듯했지만, 어머니의 병이 완치되자 또 이해할 수 없는 냉랭한 관계가 되살아났다.

아버지는 보이지 않는 고통의 올가미를 왜 어머니에게 씌워야만 하는지, 그러한 행위를 당연하다는 듯 묵묵히 받아들이는 어머니의 행동 역시 불가사의했다.

1964년, 대학을 졸업하고 유학 준비로 1년간을 바쁘게 돌아쳤다. 1965년, 잔병 없이 비교적 건강하던 아버지가 뇌일혈로 쓰러졌다. 할머니가 사망한 지 3년 후의 일이었다.

아버지는 곧 병원에 입원해서 치료를 받았지만 살아날 가망이 희박하다고 했다.

혹 소생한다 하더라도 언어 장애와 반신불수는 면할 수 없다는 게 의사의 진단이었다.

어머니는 온 정성을 다해 간호를 했다. 그 정성 때문인지 며칠 만에 의식을 찾고 눈을 떴다 . 나는 아버지 손을 잡고 아버지, 제발 힘내고 일어나세요, 제가 아들 노릇 다 할 게요, 살아만 주세요, 눈물을 쏟으며 말했다. 항시 아들에 대한 욕망의 갈급으로 여자를 몇 번씩이나 바꿔가면서 내연의 관계를 맺었던 아버지의 한을 풀어드리고 싶은 평소 나의 마음을 드러낸 말이었다. 아버지는 내게 한동안 눈길을 멈춘 후, 서서히 어머니에게로 옮겼다.

어머니는 자신을 바라보는 그 눈길을 온몸으로 받아내면서 매달리듯 아버지의 두 손을 움켜잡으며 울음을 토해냈다. 마치 그런 어머니의 모습을 자신의 몸 전체에 각인시키려는 듯, 아버지의 눈빛은 강렬했고 절실했다. 뭔가 말하려는 듯 입을 실룩거려 귀를 갖다 대며 들으려 했지만 아버지는 끝내 완전한 음절을 입밖에 내지 못하고 눈을 감았다. 어머니와 내 손을 꼭 잡은 채, 그 온기는 내 혈류 속에 스며들어 온몸이 따뜻해졌고 아버지의 온기는 점점 차가워져 갔다.

아버지는 그렇게 54 세의 짧은 생애를 마감했다. 어머니는 52 세, 나는 25 세였다. 평소 베풀기 좋아하는 아버지의 후덕한 인품으로 5 일간의 가족장 내내 많은 조문객들이 몰려와 안타까워하며 슬퍼했다.

할아버지로부터 물려받은 재산을 잘 관리한 아버지는 회사를 크게 번성시키지는 않았지만 그런대로 탄탄하게 이끌어 왔었다. 변호사로부터 복잡한 절차 없이 어머니와 둘이서 아버지의 상속자가 됐다. 상속에 관한 서류 속에는 어머니 앞으로 밀봉된 두툼한 황색봉투가 들어 있었다. 어머니를 그토록 냉대하던 아버지가 무엇을 어머니에게만 남긴 것일까.

어머니는 아버지가 남긴 봉투 속의 내용물을 본 후부터 어쩌다 나와 눈을 마주치면 고개를 돌리고 나를 피했다. 말수도 잃어 갔다. 궁금해서 그 봉투 속에 무슨 비밀이 있기에 내가 알면 안 되는 거냐며 추궁했지만, 어머니는 대답하지 않았고, 담 밑에 핀 민들레처럼 노랗게 시들어 갔다.

그 때문에 호기심으로 유발된 궁금증은 사라지고 걱정으로 불안해졌지만 어머니 스스로 말해주기를 기다릴 수밖에 없었다.

사십구일재를 지내고 며칠이 지난 뒤였다. 어머니는 내가 그렇게 궁금해하던 황색의 봉투를 건네주며 말했다.

"뭣이라고 말할 자격이 내게는 없단다. 모든 것을 네게 맡기겠다."

봉투를 받아 든 나는 어머니 말의 의미가 무엇을 말하는 것인지 이해를 못한 채 긴장이 됐다. 가슴은 떨리고 손발에는 차가운 냉기가 돌았다. 황색봉투가 판도라의 상자가 아닐까하는 막연한 두려움으로 내 방으로 가지고 들어와 내용물을 꺼냈다.

냉정하자, 스스로 다짐하며 반듯하게 접혀 있는 열 장 정도의 종이를 천천히 폈다.

눈에 익은 아버지의 필체가 꼼꼼하게 종이를 가득 메우고 있었다.

—이 글을 쓰기 전에 많이 망설였소. 몸이 예전같지 않아 한 발

은 저승에, 한 발은 이승에 있는 무중력한 상태가 간간이 내게 엄습해와 정신이 명징할 때 이 글을 씁니다.

모든 것을 나만이 알고 영영 끝내려고 생각했지만, 해결되지 않은 감정은 내 영혼과 육신을 파먹는 듯해 죽기 전에 깊이 숨겨둔 상처를 드러내려 합니다. 그럼으로써 나와 당신이 그 상처로부터 벗어나 자유로워지기를 바랄 뿐입니다.

이제 죽음을 앞두고 당신이 얼마나 가증스러웠나가 아니라 얼마나 가엾은 여자였나를 생각하는 관대한 여유가 생겼습니다.

당신이 나와 혼인한 후 몇 년이 지나도록 임신이 되지 않자 어머니의 권유에 따라 애 못 낳는 부인들에게 가임(可妊)이 되게 치료를 잘해 준다는 소문이 자자한 한의원에서 치료를 받게 했습니다. 일 년 가까이 한의원에 다니며 치료를 받던 당신은 반갑게도 임신이 되고 예쁜 경주가 태어났습니다. 부부의 관계란 남과 여의 관계로만 완전하지 않습니다. 자녀를 낳고 그 자녀와 맺어지는 관계야말로 가장 소중한 것이며 그 어떠한 인생의 드높은 관계일지라도 이같은 본질적 관계를 뛰어 넘을 수는 없는 것이라고 생각한 나였습니다. 그 때문에 비록 딸일지언정 경주를 사랑했고, 남자동생 보기를 바랐었소. 경주가 네 살이 되도록 동생이 없자 어머니는 내게 측실을 두도록 강력하게 권했습니다. 당신도 알다시피 어머니는 부부관계에서 아들이 없어 종족보전을 못하면 최대의 죄악이라고까지 생각하시는 분이잖소. 어머니의 뜻을 거역할 수 없었고 당신 역시 아들 낳지 못한 죄책감에 묵인을 해줘서 측실을 두었지만 경주가 다섯 살이 되도록 아들은 고사하고 딸조차 생산하지 못했잖소. 어머니는 또다른 방법으로 건강하고 수태를 잘 한다는 가난한 집안의 딸을 많은 돈을 주고 씨받이로 들여서 수태를 꾀했지만, 그 역시 임신이 되지 않았소. 그래도 경주를 수태했던 당신에게 희망을 걸었지만 소식이 없었지요.

우리 집안의 주치의인 김내과의원이 비뇨기과 전문의인 일본인 의사에게 진찰을 받아 문제가 있으면 치료를 받도록 하라며 소개해줬습니다.

정밀검사를 다각적으로 세밀하게 받았습니다.

의사가 오라고 한 날은 1945년 해방을 삼 개월 앞둔 연산홍 붉은 꽃이 아름답게 핀 봄의 절정인 5월 어느 날이었습니다.

의사는 나를 보자 난처한 표정으로 한동안 침묵하다 결심한 듯 냉철한 얼굴로 말했습니다. 사장님, 무정자입니다. 나는 그 말을 곧바로 이해하지 못해서 무정자라니? 하고 되물었습니다. 그러자 '정액 중에 정자가 없는 선천적 무정자십니다, 그래서 임신을 시킬 수가 없습니다, 하고 분명하게 말했습니다. 그러면 내 딸 경주는? 어떻게 된 것입니까? 의사는 거기에는 대답 없이 다만 '임신이 안됩니다. 그 누구하고도…' 라는 말만 되풀이했습니다.

난 믿을 수가 없었습니다. 그 엄청난 결과를 의사 한 사람의 진료만으로 믿을 수가 없어서 세브란스 병원에서 다시 진료를 받았지요. 그러나 진료 결과는 토씨 하나 안 틀리고 똑같았어요. 믿어지지 않는 이 충격적인 사실 앞에 내 머릿속은 벌레들이 기어 다니는 듯 근질거려 어지러웠고 사고력은 마비되었습니다. 냉정해지자. 충격과 분노에서 벗어나 이성적으로 생각 좀 하자. 어머니가 이 사실을 아시면 그 충격으로 쓰러지실 거고, 불륜을 저지른 당신은 죄책감과 수치심으로 영혼이 병들거나 가출할 테지. 그럼 나의 가정은 해체되고 나의 명예는 땅에 떨어질 것이 뻔하지 않은가. 이 사실을 누구에게도 알릴 수 없다. 알려서는 안된다. 나만의 비밀로 하자. 그런데 경주의 생부는 누구란 말인가. 누구인가? 불현듯 생각이 났소. 당신이 한의원에 다니고 얼마 지나지 않아서부터, 뭔가 딱 잡아서 한 가지로 말할 수 없는, 새로운 여자처럼 변해 갔습니다. 우리의 부부 잠자리에서 능동적으로 당신의 몸이 뜨거워졌지만 난 그 뜨거운 육감을 받아주지 못해 당신에게 항상 미안해했던 일과도 무관치 않은 것 같았습니다.

당신은 한 사람의 아내, 며느리 이전에 여성으로서 성애적 체험에서 얻을 수 있었던 환희를 남편이 아닌 다른 남자에게서 얻었다는 것이 비극의 시작이 됐고, 그 원인이 내게 있었다는 것을 알았습니다. 여자 역시 남자와 같이 마음 밑바닥 뿌리에 무의식적인 육체적 쾌락에 대한 욕구를 갖고 있다는 것, 정숙한 여자일수록 그 욕구를 드러내지 못하고 깊숙이 가둬두고 있을 뿐이지요. 당신은 어려서부터 부모한테 들어온 훈계, 여자는 남편 이외의 남자한테 몸을 허락해서는 안된다는 도덕적 윤리관 속에 갇힌 채 본능적 삶의 열정에 대한 요구와 사회의 도덕적 요구 사이에서 갈등이 컸을 것입니다.

당신은 누가 보아도 아름다운 여자입니다. 남자라면 다 탐하고 싶은, 넘쳐나는 매력뿐만 아니라 마음씨 역시 착하고 부드러워 난 당신을 진심으로 사랑했습니다. 그럼에도 불구하고 당신의 배신으로 인하여, 폭발적 파괴의 힘을 가지고 물리적으로 내뿜지 못한 분노는 내 마음 속에서 독소로 파랗게 자라 당신을 증오했습니다. 그래도 당신과는 헤어질 수 없는 미련, 주위 사람들에게 손가락질 당하는 여자로 만들고 싶지 않은 연민 등으로 가족 친지들이 나의 증오심을 알아채지 못하게 아들을 생산 못하는 여자가 받을 수 있는 냉대, 수모라는 외피를 쓰고 당신을 대했지만 실제는 당신에 대한 화풀이었습니다. 그렇게라도 발산하지 않으면 난 미칠 것 같았습니다. 그러나 그 증오심은 나의 명료한 정신을 병들게 해서, 용서는 관대함이 아니라 부도덕과 타협하는 것이라는 편협한 생각이 나를 지배하게 했습니다. 나의 냉대에도 내 곁에서 떠나지 않고 묵묵히 고통을 감수해내는 속죄의 모습, 남편이 있음에도 당신의 넘쳐나는 욕망의 갈증을 때때로 남편 모르게 자위로 풀면서도 남편의 변변찮은 남성성에 한마디의 불평이 없었던 당신은 참으로 가엾고 불행한 여자라는 것을 차츰 자각하게 되었소. 아무리 윤리적인 제도 속에서 도덕성이 요구되는 사회라지만, 성적인 열정이 발현되는 것은 인간의 내재적인 보편성이란 것을 새삼 인식하였지요.

너무 오랫동안 분노 한 가지에 집착해서 어린 경주에게 혼란한 감정을 때때로 보임으로써, 무방비로 상처를 받아야 하는 경주가 가엾기도 했습니다. 경주에게 자애로운 아버지상을 보여주지 못한 점이 가슴 아픕니다. 이제 와서 생각하니 내 인생에서 가장 후회스런 실패는 아내의 불륜이 아니라 아내를 용서하지 못하였다는 것입니다.

당신을 진심으로 사랑하였다면 용서를 했어야 했습니다. 용서가 사랑의 본질이라는 핵을 외면한 채 살아온 지난 20여 년간의 나날이 후회됩니다. 이제 당신을 진심으로 용서합니다. 용서하고 나니 분노로 인하여 그동안 숨 막힐 듯한 고통에서 벗어나 마음과 머릿속이 맑게 정화되는 것 같습니다. 신선한 공기를 호흡하는 기분입니다.

이 세상을 떠나면서 꼭 하고 싶은 말은, 당신과 경주를 사랑한다는 것입니다. 나의 딸과 당신이 남은 인생을 행복하게 살기를 바랍니다—.

아버지의 편지는, 아버지와 어머니가 만든 비극적 상황 속에 내가 주체가 되어 던져져 있는 느낌을 주었다. 내 머릿속 기억기능의 필름이 과거로 돌아가 한 컷, 한 컷 현상되었다. 할머니의 엄하면서도 자애로운 시선, 아버지의 어두운 표정, 어머니의 고개 숙인 모습 등이 전개되었다.

생각지도 않던 꿈속에서조차 일어 날 수 없었던 생부의 존재, 정숙해 보이던 어머니의 불륜, 아버지의 분노 등의 과거가 실타래처럼 엉켜서 달려오고 있었다.

잠시 내 정신은 적막하게 깜깜해졌다. 고개 숙인 단아한 어머니의 순종적인 모습이 정숙함의 표상이었던 만큼 그 충격의 파장은 더욱 컸다. 나의 어머니라 할지라도 가족들을 속여온 그 위선적인 가증스러움에 배신감마저 들었다.

—나라는 존재가 우연성에 부유하고 있는 한낱 보잘것없는, 말하자면 이 세상에 우연히 태어난 존재에 지나지 않는다는 것. 있게 되었으므로 있는 것에 불과한 아주 우연한 있음 또는 없음과도 같은 것에 지나지 않는다는 것을 알게 된 것은 나의 출생에 관한 비밀을 알고 부터였다.

65년도는 한일정상회담 반대 시위가 64년도에 이어 격렬하게 다시 불붙은 시대적 역사의 해였고, 개인적으로는 아버지의 사망으로 감춰졌던 출생의 비밀을 알게 된 충격적 역사의 해였다.

늦여름의 더위가 기승을 부리는 8월에 이어 9월에 거국적으로 대학생들뿐만 아니라 교수, 일반 시민들도 합세한 한일정상회담 반대에 나도 끼어들어 목청을 높이며 행진했다. 그러나 나라 장래를 걱정하는 애국심마저도 내 개인의 삶의 무게가 담긴 아픔, 혼돈을 풀 수 있는 처방전이 되지 못했다.

뒤엉킨 사고의 가닥을 정리하기 위해 어머니와 잠시 떨어져 있고 싶었다. 나는 집을 나왔다. 어떻게 뭣을 어디서부터 정리해야 할지 몰라 서성이던 내게 K의 따뜻하고 믿음직한 눈길과 손짓이 보였다. S대 독문과 재학시절부터 나를 좋아한 K는 내가 여러 남자들과 데이트를 했음에도 불구하고 대학을 졸업하고 대학원에 입학했어도 변함없는 사랑으로 적정한 거리를 유지하면서 나를 지켜보며 기다리고 있었다.

나는 K에게 다가섰다. 그러던 어느 날, K를 비롯해 대학 때의 친구들과 명동 25시 술집에서 막걸리를 마셨다. 그곳에서는 많은 음악인, 문인 등의 문화인들이 모여 토론하고 때로는 즉석 노래의 무대가 열렸다. 그날 S대 음대 교수가 술을 마시다 일어나서 오페라 오셀로에서 아내의 불륜을 고통스러워하는 오셀로의 아리아를 불렀다. 그 노랫가락은 아버지의 고통, 죽음을 생생하게 재생시켰다. 인생의 덧없음이 허무해 장례식 때보다 더 진한 울음을 깊게 토해냈다. 평소에 볼 수 없었던 돌발적인 내 울음에 K와 친구들은 당황했고, 나는 울음을 몸속으로 들여보내려고 막걸리를 목 안으로 계속 흘려보냈다. 결국 나는 취했고 집에 데려다 준다는 K의 제안을 완강하게 싫다고 버틴 끝에 그의 집으로 갔다.

집이 광주인 K는 지방 유지인 부모가 마련해준 돈암동에 방 3개짜리 한옥에서 대학생인 동생과 중년의 가정부를 두고 살고 있었다. 나는 자연스럽게 K와 한집에서, 한방에서 동거하게 되었다. K는 내게 어떤 이유도 묻지 않고 편하게 보살펴줬다.

나는 K의 사랑을 붙들고 성애에 탐닉하게 되었다. 그것만이 나를 구제할 수 있을 것 같았다. 어머니의 불륜에 대한 과제의 정답이 나올 것 같았다. 나의 성에 대한 개안은 여성으로 거듭난 사춘기 때 읽은 소설에서부터였다. 소설 속에서는 남녀간의 성에 관해 거침없이 자유스럽게 묘사하고 있었다. 나는 그러한 독서를 통해 성숙한 어른들의 성 세계를 공상하며 스스로 해결도 했었다.

시간이 지나면서 어머니의 불륜을, 불륜이라는 입장에서 비켜나 같은 여성의 입장에서 바라보게 되었다. 말하자면 불륜에 대한 과제의 정답이 나왔다. 여자 역시 남자와 같이 마음의 밑바닥 뿌리에서 무의식적인 육체적인 쾌락에 대한 욕구를 가지고 있다는 것, 남녀 관계에서 섹스의 매개가 잘 안되어 있다면 깊은 뿌리가 없는 어설픈 관계일 수밖에 없다는 것을 차츰 알게 되었다. 그래서 성애는 사랑의 주제이면서도 삶의 본질에 관한 문제인데 아버지의 편지에도 밝혔듯이 아버지와 어머니의 관계는 깊은 뿌리가 없는 관계였다.

나는 집으로 들어갔다. 지금까지 어머니를 묶어 두었던 모든 관습의 끈을 풀고 이제는 여성으로서 자유로워지기를 바랐다. 그러나 어머니는 그 끈을 끝내 풀기를 거절하고 아버지에게 속죄하며 살고 싶다고 했다.

40여 년 전, 경주가 내게 들려줬던 이야기가 영안실에 놓여있는 경주 어머니의 영정 속에서 되살아났다.

서러운 심정으로 그녀의 영혼이 극락에서라도 기쁨을 얻도록 정성을 다해 향을 피워 올리고, 또 피워 올렸다.

한의사 역시 아름다운 그녀의 피부를 진맥하는 손길에서, 침 끝에서, 그녀의 육체 곳곳에서, 아침 이슬처럼 영롱하게 빛나고 있는 성 샘을 그냥 지나칠 수는 없었을 것이다. 그들이 한때 분별력 없이 일시적 열정이 가져올 파괴력에도 불구하고 정사에 빠져든 것은 인간의 태생적인 본성이 아니었을까.

그러나 경주 어머니는 임신이 되자 한의사와의 열정에서 서서히 벗어날 수 있었다. 임신했다는 사실은 성애 이상의 가치를 가져다주었다. 남편의 인격적인 사랑에 대한 소중함이 새로웠고 임신했다는 사실로 시어머니와 남편이 기뻐하는 모습이 더 이상 불륜에 빠져들 수 없는 죄책감을 줬다. 하루하루가 양심의 가책으로 죽고 싶도록 고통스러워 모든 것을 털어놓고 죽어서라도 죄 값을 받고 싶었지만 뱃속의 생명이 그것을 막았다. 상대를 행복하게 해주는 거짓은 불행하게 해주는 사실보다는 최선이라는 생각으로 고개를 숙이며 살았다.

경주가 다섯 살이 되던 해부터 남편의 눈길에서 경주 어머니만이 알 수 있는 분노의 파장을 보았다. 그 파장은 주홍글씨가 되었고 남편이 죽으면서 그 주홍글씨를 떼어주었지만, 경주 어머니는 평생 동안 떼지 못하고 달고 있다가 죽음으로써 떼어냈다.

경주는 자신의 뿌리를 찾아 봤지만 6·25 때 한의원 일가족 모두가 폭격에 맞아 사망했다는 사실만 알아냈다. 이제 경주의 뿌리는 잿더미가 된 흙 속에서 뿌리째 뽑혀 나와 햇빛과 물이 풍부한 비옥한 땅에 옮겨졌다.

윤재식의 무남독녀로서 파리 유학을 포기하고 아버지의 사업을 이어나가는 건실한 중소기업체의 사장으로 그 뿌리를 탄탄하게 내렸다.

K는 서독에서 독문학 박사 학위를 받고 귀국해서 모교에 독문학 교수로 나가고 있었고, 경주와 계약 동거에서 결혼으로 이어져 아들을 낳았다. 앙뉘의 방황은 더 이상 계속되지 않았다.

경주 어머니의 유해는 경주 아버지의 유언대로 원주에 있는 선산에 합장했다.

눈을 감고 생각에 잠겨있는 경주에게, 장례 버스 뒷좌석에 의연하게 앉아있는 아들이 외조부모와 어머니의 아픈 가족사를 알고 있느냐고 물으려다 그만두고 차창 밖 풍경으로 눈을 돌렸다.

경주는 어쩌면 시간 속 여행으로 되돌아가 일찍이 '구토'를 통해서 느꼈던 이 세상에 존재하는 모든 것들이 그 얼마나 무력하고 허무하며, 우리 인간들이 따라야 할 계율 같은 것들이 얼마나 허구적인 것인가를 어머니의 인생에서 절감했을 것이다.

그리고 잠깐이나마 어머니를 이해하지 못하고 반항해서 가출해 아픔을 줬던 지난날을 속죄하고 있을 것이다.

나날의 자살

내게 성적인 열정의 의미를 마지막으로 찬
연하게 안겨준 정이의 모습이 보였다. 악취가
나는 내 입에 거즈를 떼어내고 흉물스럽게 변
한 내 얼굴과 뺨과 입술을 비비며 흘리던 눈물
방울이 돈후안의 선율 속에서 떠다녔다.

나는 정이를 그에게 모델로 데려다 줬을 때,
정이와의 관계를 예감하고 있었지만 그의 우
울증을 치료하기 위해서 그 예감을 두려워하
지 않았다.
결국 니체적인 그가 내게 항복하고 평화롭
게 자연 속으로 돌아갔다.

나날의 자살

1

나는 아내가 운전하는 차를 타고 병원에 도착하였다. 그녀는 잘 움직이지 못하는 나를 차 안에 있게 한 후 빠른 걸음으로 병원 현관문을 밀치고 들어갔다. 운전석 옆에 앉아있는 정이에게 오늘이 며칠이냐고 물어보았다.

"일월 십일이에요."

그녀는 몸을 돌려 나를 보지 않고 똑바로 앉은 자세로 짤막하게 대답했다. 그녀의 목소리는 슬픔의 무게로 눌려 있어 껄끄럽게 나왔다.

"설날이 언제지?"

나는 죽어도 설날 안에 죽어야 한다는 절박한 의무감이 생겼다. 설날 가까워 죽는다면 가족에게 폐를 끼치게 되는데, 생전에 가족에게 득이란 걸 줘보지 않던 내가 죽음을 목전에 두고 철이 나는 것인지….

돈의 가치를 모르고 자라난 연희가 돈 한푼 없는 나를 겁내지 않고 남편으로 받아준 것은 철부지 같은 순수성이라기보다, 사랑이라고 믿고 싶다. 그녀는 나의 광범위한 지식세계, 비판위주의 공격적이고 신랄한 문화비평문을 좋아하였다. 그러나 시간이 지남에 따라 그녀는, 내가 상대적인 지적 우월감에 빠져 자부와 자만심으로 항상 우쭐대면서 많은 사람들을 우습게 보며 거만했던가를, 그것이 해를 거듭할수록 지적 에고이스트로 단단히 굳어져 지극히 매력 없는 '실추된 짜라투스트라'와 같은 형편없는 거만한 인격자에 불과하다는 것을 알았을 것이다.

설날이 언제냐고 묻는 나의 뜻을 아는 것처럼, 앞만 바라보던 정이가 자세를 돌려 나를 보며 "사십 일 남았어요"라고만 대답했다.

그녀의 눈 속에는 지난 날, 나의 시들어 가던 오감에 생기를 넣어 주었던 관능적인 속내가 담겨 있지 않았다. 병원 문 밖으로 휠체어를 끌고 오는 연희의 모습이 보였다. 연희가 가지고 온 휠체어에 연희와 정이가 내 몸을 양쪽에서 일으켜 휠체어에 앉혔다. 내 의지와는 상관 없이 두 여자가 휠체어를 잡고 쌍두마차의 두 마리 말처럼 거침없이 병원 문 안으로 들어가, 환자전용 엘리베이터에 들어서서 멈추어 섰다. 내 인생의 종말이 왔다는 절망감, 그 절망감은 내가 지나온 길과 그 결과로서의 평소 쓰고 싶었던 '종말로서의 예술'이라는 저서를 쓰지 못하고 죽는다는 데서 더욱 깊어지고 있었다.

엘리베이터는 9층에 멈춰 섰다.

이 병원은 입원실 병동이 5층부터 시작되었다. 5층은 산부인

과 산모들의 입원실이다. 해산실과 신생아실로 산모들의 고통스
런 울부짖음이 가지고 온 생명의 신비가 끊이지 않는다. 그 병동
복도에 바쁘게 왔다갔다 하는 의사, 간호사들의 몸짓에서도 생명
력이 보였다. 6층, 7층은 치유될 수 있는 환자들이나 부상자들의
입원실이다. 복도 창가에 놓인 벤치에 가족들이 모여 앉아서 상
대 가족 환자의 정황을 물어보고 대답하는 여유가 보였다. 중증
환자들 6인실은 8층에, 1~2인실은 9층에 있었다. 죽음을 눈앞
에 둔 환자의 가족들 얼굴에는 며칠간 잠을 못 잔 사람들에게서
느껴지는 붉게 충혈된 눈과 슬픔의 표정이 칙칙해진 피부 속에서
거칠게 드러났다.

　나는 몇 달 전에 예약해 두었기 때문에 쉽사리 1인실에 입원할
수 있었다. 작년에 예약 없이 입원했을 때, 비어있는 1인실이 없
어서 한 일주일간 6인실에 입원한 적이 있었다. 그 잠시 동안도
참지 못하고 나는 연희에게 주위가 시끄럽다며 어린애처럼 빨리
1인실로 데려다 달라고 어거지를 부렸었다. 칠십이 넘어 보이는
환자의 부인인 듯한 할머니가 나를 못마땅하게 흘겨보고, 연희에
겐 동정심 어린 눈길을 보냈다. 간암 말기의 통증이 오면, 나의 신
경은 바늘 끝처럼 뾰죽해져 연희나 간병사나 눈에 잡히는 대로 가
리지 않고 사납게 신경질을 부렸다. 6인 입원실은 한가운데 사람
들이 다닐 수 있는 공간을 남기고, 한 벽면에 침대가 세 개씩 나란
히 줄지어 놓여 있었다. 입원실 문과 마주한 정면 창문 쪽이 제일
안쪽이라 할 수 있다. 그곳에 놓인 침대에는 내게 눈을 흘긴 할머
니의 남편인 할아버지가 누워 있었다. 할아버지가 물을 달라고
하면 플라스틱 컵에 거칠게 따라서 남편의 입에대고 우악스럽게

먹였다. 할머니는 주위 사람들의 시선도 개의치 않고 할아버지에게 욕을 퍼부어 대었다. 그런 풍경은 그 병실에 일주일간 있는 내내 하루도 빼놓지 않고 몇 번씩 되풀이되었다.

"짐승만도 못한 영감탱이 소시적부터 계집질을 밥먹듯 하느라 논마지기 다 팔아먹고, 그것도 성에 안 차 집마저 팔아 계집년 밑구멍에 처넣었잖아. 우리 모자를 팽개쳐 버려놓더니 몇 십 년 소식 없다가 병 들고 돈 없어지니깐 기어 들어와? 짐승만도 못한 인간아 어서 죽어버려."

그 아들이 두 번 와서 췌장암으로 고통받고 있는 아버지를 무표정하게 한동안 들여다 보고 가곤 했었다. 아들이 왔다 가면 그녀의 증오심은 백 배로 상승되어, 기저귀를 갈아줄 때나 옷을 갈아입혀 줄 때, 살기 등등해 할아버지의 신음소리가 커졌다.

"좋은 주인집 만나서 애를 데리고 가정부 노릇 해가며 자식놈의 까막눈 떠주고, 기술 배워 이제 겨우 입에 풀칠하고 사는데, 사람 같지도 않은 애비를… 그래도 핏줄이라고 빚 얻어서 입원시킨 착한 내 아들, 처음으로 애비 노릇 하려면 어서 죽어버리란 말여, 어여."

할머니는 긴 푸념으로 증오심의 힘이 빠지고 나면 눈물을 쏟아내고 그리고 나서는 창밖을 하염없이 내다보곤 했다.

그 옆 침대에는 50대의 폐암 환자가 있었다. 그 환자의 처와 며느리, 아들 딸들이 번갈아 가면서 극진히 돌보고 있었고 일요일에는 친척들, 이웃들이 찾아와 기도하며 찬송가를 불렀다. 죽어가는 생명을 어떻게 해서든지 살리려고 하는 가족들의 따뜻한 사랑이 있었다. 이 양면이 존재하는 가족간의 사랑과 증오는 내게 놀라움과 충격을 줬다. 나의 가족들도 나를 최선을 다해 입원 치료를 해주고 있지만 그건 사랑이 아닌 의무일 것이다.

연희는 섬유미술의 전공을 살려서 개인 사무실을 차려 놓고 디자이너 2명과 함께 넥타이, 스카프를 전문 생산하는 회사의 디자인 하청을 받아 바쁘게 일하고 있었다. 낮에는 간병사와 나만이 있었고, 가끔씩 정이가 병실에 꽃을 사 들고 와서 화병의 꽃을 바꿔 꽂아놓곤 했다. 간병사가 환자용 기저귀를 사기 위해 매점으로 가고 없는 시간에 마침 정이가 찾아왔다. 그녀의 크고 억센 손이 심줄이 드러난 마르고 창백한 내 손을 가만히 잡고서 나를 바라봤다. 닳아빠진 보석처럼 윤기가 빠진 눈길은 현실의 비애를 가득 담고 있었다. 정이는 관능과 야성이 기이하게 혼합된 존재로 5년 전, 나의 그림 모델로 내 앞에 나타났었다. 성적인 암시와 신비한 충동을 감싸 안고서…. 그녀의 외형적인 무표정함 이면에, 그녀가 겪어야 했던 고통과 몇 번의 자살 소동이 감춰져 있었다는 것을 정이를 알고 지낸 2년 후에야 조금씩 알게 되었다. 5년 전의 나는 숨 쉬고 있었지만 살아있다고 할 수 없는, 오장육부를 긁어내고 솜으로 채운 박제와 같은 삶을 살고 있었다.

그 당시 박정희 대통령이 그의 심복 부하인 김재규의 권총을 맞고 죽은 직후, 민주화가 일렁거리는가 싶었다. 그러나 새로 등장한 신군부가 민주세력들을 마구 잡아 가두었고, 나 역시 어느 대학생이 내 강의의 그 논조가 사뭇 비판적일 뿐만 아니라 사상이 의심스럽다고 고발해 잡혀갔었다. 20여 년 간의 군부독재하에서 문화적으로, 정신적으로, 부패한 성장의 결실이 물질주의와 극도의 이기적인 개인주의 판도를 만들어냈나 하는 울분을 참을 수 없었다. 그래서 내가 미학개론의 강의시간에 눈 딱 감고 군부체제에 대한 비판을 직비유적인 암시의 논조로 하여 '시대의식의 미학' 이란 명제로 몇 차례 강의했던 것이 고발의 내용이었었다.

나는 한 달간 아무도 면회, 접촉을 못하게 하는 무시무시한 독방심문의 고문 과정을 거쳐 3개월 만에 겨우 풀려났다. 세상에 나와 보니 새헌법에 대한 국민투표 날이라며, 아침 일찍부터 반장이 집집마다 돌며 한 사람도 빠짐없이 투표장으로 내몰았다. 전국민의 소집 뒤에 가짜 민주주의의 서막이 올려지고 있었다.

나는 교수 자격을 박탈당하고 글도 쓸 수가 없었다. 지식인들에게 강요된 침묵과 사색의 무덤 속에서, 나는 '나날의 자살' 이라는 말을 생각해 냈었다.

느낀 일, 생각난 일을 글로 표현해야 하는데 그러지 못하고 있는 데서 오는 스스로의 죽음이 아닌가. 어느 사이 일상성의 현실화가 박탈당한 시간이 흐르는 사이에 굳어버린 무사상의 상태, 아니 무의지의 나태한 상태… 가 중병처럼 나를 괴롭혔었다. 사색 속에서 문제를 끄집어낼 수 있고 그래서 사상이 숨을 쉴 수 있는 발육이 가능한 것인데, 그것을 못하고 보니 그 사색은 없는 거와 같고 죽은 것이 되어버렸다.

민주화가 없는 신군부체제는 계속 사람들을 감시하며 압제하고 있었다. 이것이 외적인 종말압력으로 각 개인 의식 속에 들어와 나날의 자살을 강요하는 침묵, 백치화, 울분, 히스테리의 증폭이었다. 그래서 나는 일상생활의 비속한 면에서의 점증하는 우울증의 발작을 일으키지 않을 수 없었다.

연희는 우울증의 탈출 방법으로 신경정신과 치료가 아닌 그림 그리기로 나를 적극 유도하였다. 문화비평가로서의 나의 입지와는 별도로, 20대에 구상 작품전시회를 열었던 경력을 연희는 잊지 않고 있었다.

우리 집은 단독 2층집이었는데, 지하층에 세들어 살던 사람을 내보내고 수리를 해서 그림 작업실로 만들었다. 지하라고 하지만 반지하에 창문들이 두 벽면에 넓게 끼워져 밝고 깨끗해 보였다.

"이제 이곳에서 마음대로 숨쉬며 그림을 그려보세요."

새로 단장한 화실을 둘러보는 내게, 연희는 좋은 일을 하고 난 사람의 상기된 한 옥타브 올라간 목소리로 밝게 말했다.

"당신을 모델로 우선 나체화를 그리고 싶은데…."

"난 시간이 없잖아요."

연희는 단호하게 나의 뜻을 잘랐다.

나는 연희의 성격 중에 좋아하면서도 싫어하는 것이 그녀의 분명함이었고 단호함이었다.

며칠이 지난 초여름의 어느 날, 나는 정원에 서서 수십 개의 화분에서 뿜어 나오는 꽃들의 색채가 너무 눈부셔서 잠시 하늘을 올려다 보고 있었다. 그때 연희가 긴 그림자를 내 앞에 내밀며 쭉 뻗은 몸매에 꽉 끼는 청바지가 잘 맞는 처녀를 데리고 왔다. 석양을 뒤로 한 그녀의 길고 풍성한 갈색의 파마 머리에서 눈부신 광채가 났다. 르누아르의 그림속 여체를 보는 듯, 나는 잠시 환상에 빠졌다.

"나체화의 모델이에요."

연희는 짤막하게 정이를 내게 인사시켰다. 그녀의 깊고 검은 눈동자 속에는 세상살이에 지친 듯한 은밀한 표정이 담겨 있어 젊은 나이일 텐데도 나이들어보였다. 나의 화폭 앞에서 그녀는 세상의 고통 속에서 스스로 터득한 본능적인 지혜로 포즈를 잘 취했고 박제가 된 나를 되살아나게 만들었다. 혼자 있을 때에도 젊은 여자가 풍기는 환상으로 나를 즐겁게 하였다. 그런데 가장 참기 힘든 일이 생겼다. 고문의 고통은 괴로워서 잊으려는 무의식적 노력으로 참을 수 있었는데, 유예 상태로 가두어두었던 성욕은 참기가 힘들었다.

50여 세 살았으면 젊은 세대에 밀려 저절로 그 코스에 대하여 어느 정도 절제가 될 만도 한데, 정이를 보았을 때 이성도 억제도 수치심도 그리고 분별력도 없이 그녀를 가지고 싶은 신선한 흥분을 느꼈다.

지난 날 젊은 여성들과의 경험에서 얻었던 교훈은 완전히 잊거나 백지화가 되었다. 나이에 대한 무시, 회춘에 대한 자신감, 영원한 청춘에의 자부심과 시험 등… 말하자면 나의 허영심으로부터 정이와의 관계가 시작되었는지도 모른다.

정이와의 뜨거운 정사가 끝나면 남은 여운으로 회색의 무위감, 회한, 연희에 대한 윤리적인 미안함 등이 엄습해왔다. 그러나 그 일이 있고 나서 얼마의 시일이 지나면, 젊은 여체에서 오는 감미로운 희열을 잊지 못해 후회는 잊어버리고 다시 새롭게 정이와 정사를 시작하곤 했다. 그런 나 자신을 미쳤다고 해야 할까….

나는 애써 결코 사랑이라 할 수 없는 육체의 유희일 뿐이라고 생각했다.

정이에 대하여 정신적 느낌 없이, 상대적으로 젊은 여자와 늙은 남자의 육체적 접촉에서 오는 일시적 즐거운 유희라고만 생각했다. 젊은 그 또래의 세대와 그들에 비해 체면을 지켜야 하는 나이 든 위선자의 존재적인 상대의식 등으로 접어두려고 했다. 그러나 그녀를 자주 접하고 그녀의 내밀한 인생살이를 알게 되자, 점점 가깝게 느껴지는 새로운 인식에 나 자신도 놀랄 일이었다. 나의 내면 깊숙한 곳에 누구에게도 말할 수 없었던 샤머니즘적인 비문명의 야성이 잠들고 있는 것을 정이가 깨우쳐준 것이었다.

연희의 부드럽고 하얀 작은 손보다, 정이의 마디진 거칠고 큰 손에서, 연희의 희고 매끄러운 살갗이 아닌 정이의 거칠거칠한 검은 피부의 감촉에서 오래간만에 고향에 돌아온 방랑자의 편안함을 느꼈다.

그뿐만이 아니었다.

하루에 두 번씩이나 샤워를 하는 연희의 질 좋은 비누와 샤넬 19의 향수 냄새가 아닌, 정이의 목욕을 자주 하지 않은 듯한 찝질한 소금기의 살갗 냄새에 나의 원초적 야성은 꿈틀대며 뜨거워졌다. 우리 두 사람은 20년 가까운 나이 차이에도 불구하고 같은 세포질의 핵을 가졌다는 사실을 알게 되자 차츰 육체를 뛰어넘은 정신의 일부를 서로 나눠 갖기에 이르렀다.

1950년, 정이의 아버지는 대한민국 최초의 정규 육사 출신의 장교가 되려고 육사 제2기 생도가 되었다. 그러나 한 달도 채 못 되어 일어난 6·25의 광풍 속에서 군번도 계급장도 없이 전장의 한가운데서 23세의 젊은이는 그의 애인 뱃속에 정이를 심어 놓고 역사와 함께 사라져 갔다. 그녀가 세 살 때, 예쁜 용모의 엄마는 두 살 연하의 인쇄공과 눈이 맞아 동거에 들어갔다. 한밤중 잠

결에 엄마의 울부짖는 듯한 흐느낌 소리에 엄마가 아파서 죽어가
는 줄 알고 세 살의 정이는 놀라서 일어나 울어대었다.

그 후 몇 해의 나이를 더 먹자, 두 사람의 조심스런 숨가쁜 소리
가 들리면 본능적인 수치심으로 눈과 귀를 꼭 막고 자는 체, 입에
고이는 침도 소리 날까봐 삼키지 못하고 숨을 죽였다.

10여 세의 나이로 좀 자라나서는 성에 대한 수치심보다는 호기
심으로 정사 장면을 몰래 엿보게 되었다. 중학교 때 방 2개짜리
집으로 이사를 하고 나서는, 옆방에서 마음 놓고 벌이는 성애의
극치를 엿들으며 스스로 자위에 들어가 쾌감을 알기 시작했다.
여고 2학년이었을 때 인쇄공인 계부에게 처녀를 잃었지만, 그를
깊이 사랑하는 엄마에게 배반의 절망감을 줄 수가 없어서 그 사실
을 말하지 못했다. 그 충격적인 일을 가슴 속에 담고 있는 것은 형
벌 같은 고통이었다. 밤마다 집에서 나가 아무도 없는 곳에 가서
큰 소리로 울고 들어오곤 했다.

정이가 속 깊은 아이라 엄마에게 말 못 할 것을 안 인쇄공은 틈
만 나면 정이의 몸을 찾았다. 정이는 옹골차게 굳어진 마음과는
달리 육체가 열려 성의 쾌감을 느낄 때마다 자신을 저주하며 몸
서리를 쳤다. 그 쾌감의 순간이 끝나고 나면 자신의 육체가 벌레
처럼 징그럽게 보였다. 더욱 괴로운 것은 엄마가 여전히 인쇄공
을 좋은 남편, 딸의 좋은 아빠로 믿고 있다는 변함 없는 사실이
었다.

자살을 두 번이나 시도하였지만, 두 번 다 실패로 끝났다. 엄마
는 사춘기적 우울증에서 오는 반항이라고 생각하였다. 여고를 졸
업하고 독립해서 나갈 때까지 도저히 기다릴 수가 없어서 가출을

하였다. 다방 레지, 술집 종업원, 가짜 여대생, 미대 나체 모델, 그리고 나의 나체 모델이 되었다.

　매점에 간 간병사는 아직 오지 않았다. 그녀는, 무료해서인지 나가면 오래 있다가 들어오곤 했다. 내 몸 속의 간암이 다른 부위까지 전이되어 오장이 썩어가고 있는지 내 입과 코에서 숨쉴 때마다 악취가 뿜어져 나왔다. 정이는 병실에 붙어있는 샤워실에 들어가 수건과 거즈에 따뜻한 물을 적셔서 물수건으로는 내 얼굴과 손을, 거즈로는 입술, 입속을 정성스럽게 닦아주었다. 다 닦고 나서 눈을 감고 있는 나를 한동안 바라보는 듯하더니… 내 입에 자신의 입을 갖다대며 얼굴을 비벼대었다. 그녀의 눈물이 내 뺨에서 뭉개졌다. 그녀에게 따뜻하고 관대했던 나에게서 처음으로 인격을 공유한 사랑을 느꼈기 때문인가.
　나는 왜 연희에게 관대하지 못하고 이기적으로 굴었던가. 소작인 빈농의 아들로 태어나 아버지가 지주 집에 수없이 허리 굽히며 사는 것을 보며 자라난 나는 지주에 대해서는 무조건 부정적이었다. 그런 나를 향해 연희는 비뚤어진 열등감이라며 쏘아부치곤 했다. 내게 상처한 남자 동생이 하나 있는데, 셋집에서 살고 있었다. 가끔씩 동생은 여중고에 다니는 두 딸을 데리고 우리 집에 놀러 왔다. 어느 날, 집에 놀러온 동생에게 연희는 내가 입지 않는 양복을 여러벌 쌓아두면 뭘 하느냐며 두 벌을 내줬다. 내 동생이지만 양복을 주는 것이 못마땅하던 참에, 조카 둘에게 돈을 주면서 시장에서 값싼 청바지를 사 입지 말고 백화점에 가서 G 청바지를 사 입으라고 하는 그녀의 말에 나는 불 같은 성질을 폭발시켰다. 최고를 좋아하고 시장 물건을 싫어하는 그녀의 본성이야말로 뼛속 깊이 썩어있는 부르주아적 근성이라며 독설을 퍼부었다.

그뿐만 아니라 부유하게 자라난 그녀 오빠들에게도 공격을 해댔다. 나의 돌발적인 독설이 있을 때마다 연희는 화장실 안으로 들어가 문을 잠그고 울었다. 우는 소리가 밖에 들리지 않게 수돗물을 세게 틀어 놓고 분함과 억울함을 눈물로 토해냈다. 그리고 나서 화장실에 놓여 있는 가루분으로 운 흔적이 보이지 않게 매만지고 나오곤 했다. 분노가 가라앉고 나면, 왜 그토록 화를 냈는지 부끄럽고 미안하여 다정하게 굴었지만 연희는 한동안 나를 멀리했다.

처음 연희를 만났을 때 그녀의 깨끗하고 기품 있는 인상, 단아한 모습에 첫눈에 반해서 구애를 하였다. 처음에는 그녀가 나의 적극적인 구애를 냉랭하게 비켜나갔지만, 나는 단념하지 않고 계속 구애를 하였다.

내가 구애의 성공 가능성을 가진 것은 도회적으로 세련된 외모와는 달리 세상 때가 묻지 않은 순진함을 보았기 때문이다. 섬유미술을 하는 그녀의 작업실에 꽃다발을 들고 매일 찾아갔다. 결국 연희는 나의 구애를 받아들였다. 집안 환경의 차이가 너무 난다며 연희의 가족들이 반대했으나 그녀의 고집에 꺾여 우리는 결혼을 하였다. 우리의 첫날밤, 서로를 탐미하는 뜨거운 사랑이 끝나자마자 연희는 곧바로 일어나 가운을 걸치고 욕실로 들어가더니 몸에 엉겨 있는 액체를 뜨거운 샤워 물줄기로 소독하듯이 씻어내고 나왔다. 그리고 화장대 앞에서 헝클어진 머리를 단정하게 매만지고 나서 침대로 돌아와 베개를 베고 반듯하게 누워서 잠을

졌다.

　다른 여자들, 말하자면 나와 같이 잠자리를 같이 한 여자들은 체액과 정액이 뒤범벅된 몸뚱어리를 내 팔베개의 품속에서 잠시 숨을 고르고 있거나, 그대로 잠들어 버리는데 너무나 대조적이었다.

　연희는 일상생활 속에서 어떤 상황이었던 간에 흐트러짐이 없는 행동과 외모를 보였다.

　나는 결혼 전의 여자 관계를 연희에게 고해성사 하듯 모두 털어놨다.

　연희는 남녀의 사랑이란 육신과 영혼의 결합이라는 단호한 진실을 가지고 있었기 때문에, 그녀들과의 관계는 단순한 동물적인 욕망에 의한 생리적 배설행위였다고 믿었다. 그래서 나는 그녀가 나의 방탕한 윤리의식을 이해했다고 생각했다. 그러나 사실은 이해가 아니고 그녀의 견고한 자존심이었는지 모른다.

　다른 여자들과의 관계는 남의 얘기하듯이 쉽게 말했지만 정이와의 관계는 털어 놓을 수가 없었다. 정이와 나의 관계는 단순한 생리적인 배설행위가 아닌 정신과 정서가 담긴 관계였기 때문에 연희에게 상처를 줄 수가 없었다. 그것은 연희와 정이에 대한 내 진실한 사랑이었다.

　나의 시도 때도 없는 독설에 더 이상 견딜 수 없다며 나와 헤어지려고 별거하고 있었던 그녀가, 반공법에 의한 구속이라는 불행한 상황이 벌어지자 내게 다시 돌아왔다.

　약하고 불행한 사람들에 대한 그녀의 깊은 동정심이 위장된 허영심이 아니라는 것을 알게 된 최초의 깨달음이었다. 석방하고 나서 나의 우울증 치료를 위해 많은 돈을 투자해가며 작업실을 꾸며준 것은 그만두고라도, 관능미 넘치는 젊은 여성을 위험을 무릅쓰고 나의 모델로 대줬다는 것은 그녀 자신의 여성성을 뛰어 넘은 인간적인 순수한 사랑이었다.

통증이 심해지고 내 의식은 점점 가물가물해져 갔다. 연희는 나의 고통을 조금이라도 잠재워 주려고 작은 오디오를 병실에 갖다 놓고 테이프를 틀어줬다.

리하르트 스트라우스의 관능미 넘치는 돈후안 작품 20의 고음과 저음의 흐름이 확연히 나뉘어서, 그 음류가 따로 따로 손에 잡힐 듯 흘러나왔다. 돈후안의 세 가지 선율 중, 정열에 이끌리어 행동하는 돈후안이 첫 번째 선율을 타고 나타났다.

내게 성적인 열정의 의미를 마지막으로 찬연하게 안겨준 정이의 모습이 보였다. 악취가 나는 내 입에 덮어놓은 거즈를 떼어내고 흉물스럽게 변한 내 얼굴에 뺨과 입술을 비비며 흘리던 눈물 방울이 선율 속에서 떠다녔다.

두 번째 선율이 흘러 나왔다.

아름다운 여성을 찾아 헤매다가 그 여성을 만나자 사랑을 호소하는 돈후안.

처음 연희를 보았을 때, 내가 찾아 헤매던 여성의 이데아를 발견했다는 운명적인 예감으로 내 몸과 마음이 얼마나 떨렸던가. 나의 병적인 히스테리에 지쳐 있으면서도 계속되는 나의 불행을 맞잡고 꿋꿋하게 참아내는 연희의 인내심…. 고지식할 정도의 진실한 인내심은 나를 그녀에게서 벗어날 수 없게 만들었다.

그것은 그녀에 대한 나의 항복이다.

마지막 세 번째 선율이 흘러나오고 있다. 사랑에 대한 자부심을 가지는 돈후안이다. 헝가리의 시인 니콜라스 레나우의 서사시에서는 이상적인 여성을 만나지 못해 절망하고 괴로워하지만, 스트라우스는 교향시에서 그지없이 아름다운 여성을 돈후안에게 보내준다.

신비롭고, 우아하고, 아름다운 여성을.

그 선 – 율 – 이 내 – 의 – 식 – 에 – 서 점 – 점 멀 – 어 – 져 간 – 다.

2

설날 전의 화장터에는 조문객이 많이 따라오지 않았다.

남편의 육중하고 큰 몸이 한줌의 재로 변해서 돌아왔다.

그의 부탁대로 재로 변한 몸을 산에다 뿌렸다. 그의 말대로 자연으로 돌아갔다. 그는 죽어서 자연을 선택했지만, 살아있을 때는 철저한 반자연적이었다. 흙냄새를 역겨워하고 지하수에서는 흙냄새가 느껴진다며 약수를 마시지 않았다.

시골의 빈한한 초가집 마을의 빗물 냄새, 거름 냄새, 찌든 부엌의 연기 냄새, 쇠똥 냄새, 변소 냄새 등이 섞인 시골 냄새를 싫어했다. 그래서인지 농촌이 연상되는 오이, 가지, 토마토를 먹지 않았다.

그렇게 반자연적인 그가 죽기 전에 왜 생각이 바뀌어져 친자연적이 되었는지 모르겠다. 내 생각에는 그의 어머니의 초자연적인 힘이 그와의 화해를 끌어들인 것이 아닌가싶다. 그는 자신의 어머니가 젊은 나이에 자기를 낳아서 어머니의 사랑을 받지 못했고 일찍 돌아가셨다는 말 이외는 자신의 집안 가족간의 얘기를 하지 않았다.

조카들에게 유명 브랜드 G 청바지를 사 입으라고 한다며 내게 독설을 퍼붓던 그날이었다. 그이의 돌발적인 행동에 놀란 그의 동생은 나를 위로하며 말했다.

"형수님, 형님을 이해하십시오. 어머니가 예기치 않게 만신이 되었을 때 형님이 창피하다고 집을 나갔어요. 어머니는 만신을 그만두려고 굿거리판으로 나가지도 않고 무녀옷을 불사르고 집에 모셨던 산신상마저 버렸어요. 아들의 장래를 위해서 목숨을 건 투쟁을 했는데 결국 사십도 안된 젊은 나이에 돌아가셨어요. 그 때부터 형님은 자신이 어머니를 죽게 했다며 성격이 이상하게 변했어요."

그래서일까, 그는 낙오자로서의 자의식이 일상생활의 기조에 깔려 있어 몹시 과민한 신경반응으로 자신을 몰고 갔다. 그뿐만 아니라 인격 형성의 시기인 18, 19세 때 그는 니체에 빠져서 '권력에의 의지' '음악정신으로부터 비극의 탄생' '짜라투스트라는 이렇게 말했다' 모두를 일어판으로 읽었다고 했다.

니체적인 절대 힘을 향한 끝에, 니체적인 마음의 위치에서 그동안 배양되어 자란 이 권력의지, 거기에서 비롯되어 나온 그의 인격체의 일상적인 발현이 사소한 것에서부터 큰 것에 이르기까지 가혹한 비판위주의 공격적인 인간으로 형성되었다. 사랑의 배양을 배제하는 이 권력의지가 낳게 한 일상적인 비정함의 방향이 나뿐만 아니라 아들에게도 상처를 주었다.

여름방학에 아들은 친구집에 갔다오면서 현관에 있는 그의 구두를 실수로 밟아 뒤집어 놓았다. 그이는 가혹하리만치 그 실수의 책임과 발생 근원에 대해서 추궁하였다. 아들의 잘못했다는 말은 들으려 하지 않고 불량, 부주의, 무성의한 본성에서 나온 것이라고 용서 없이 독설로 이어가자,

"아버지, 잘못했다고 했잖아요."

하고 퉁명스럽게 볼멘 소리로 말하자마자 그이는 아들의 뺨을 세게 때렸다. 중학교 2학년인 아들은 놀라서 울지도 못하고 2층 제 방으로 뛰어 올라갔다. 그의 독재자로 군림하는 마음의 권력을 뺏기 위해서 나는 아들을 친정으로 보냈다. 그이에게는 아들이 가출한 것으로 꾸며대느라 나는 밥도 안 먹고 사무실에도 안 나가고 드러누웠다.

무심하던 그이도 2, 3일이 지나자 가출한 아들과 밥도 안 먹고 괴로워하는 나를 보고 실패한 거인의식의 희생물이 되었다고 한탄하며 참담해하였다. 그이는 내가 모르게 날마다 새벽에 일어나 아들 방 책상에 냉수 한 그릇을 떠놓고 아들이 돌아와주기를 기원하고 있었다. 그는 복 빌고 원 풀어주는 그의 어머니의 빨간 수실이 붙은 방울소리, 신칼이 가르는 바람소리와 삼잽이의 신기 있게 불어대는 피리, 해금, 대금 소리가 생생히 되살아나는 기억 속에서 빌었을 것이다. 그런 그의 모습에 나는 감동을 받아 1주일만에 가출의 연극을 끝내고 아들을 집에 돌아오게 했다.

그는 아들을 보고 눈물까지 글썽이며 반가워했다. 아들의 가출 사건이 비정한 자신에게 신이 내린 벌이라며 앞으로 어질고 착한 인격체를 지향하는 평범한 인간이 되겠다고 했다.

못된 니체적인 권력의지를 지탱해 왔던 저 지적인 세계의 매력

을 일상적인 사랑 속에 조화시켜, 그래서 사랑의 의미가 진정 인격화되는 그런 방향으로 변해지기를 바랐다. 그는 나와 아들에게 결연한 의지를 갖고 말했다. "인간사에서 시간은 결코 늦었다고 할 수 없다, 깨달은 지금이 바로 이 시간의 출발인 것이다. 내 인생의 새 출발은 새로 철든 나이로 시작하겠다."

시간이 흐름에 따라 가족에게 약속한 어질고 착하고 사랑하는 인격체가 서서히 무너져 갔고, 또다시 독선적인 독불장군의 인격체로 돌아갔다. 그의 주위 사람들이 하나 둘씩 그의 곁을 떠나갔다. 그는 오히려 자기가 속해 있는 세계의 빈곤과 무지가 싫어서 그들과의 접촉을 단절했다고 했다.

그는 무한한 지식세계의 독서, 문학, 미술, 철학, 역사학, 경제학, 정치학 등 종합세계로 빠져들었다. 또 다시 반복되는 자기 자신조차 제어하지 못하고 퍼붓는 독설에 견딜 수 없어 나 역시 아들과 같이 그의 곁을 떠나기로 했다. 분노가 가라앉고 나면 용서를 빌었지만, 그 용서의 의미조차 없어졌기 때문이다.

그런데 어느 날 학생의 고발장을 받은 수사관들이 집에 들이닥쳐 가택수색을 하며 그를 끌고 갔다. 나는 그의 곁을 떠날 수 없는 운명 같은 끈을 느꼈다. 3개월간의 감금생활이 그에게 점증하는 우울증을 갖게 만들었다.

그는 석방되자 서재에 틀어박혀서 계속 말 없이 지냈다. 오히려 시도 때도 없이 퍼붓던 독설이 그리울 정도가 되었다. 교수직을 박탈당했다는 것보다 글을 쓸 수 없다는 것이 무력감에 빠지게 한 것 같았다. 막상 모든 것을 백지로 돌리고 그 백지 위에 당장 무슨 생각을 그 시간의 경위와 더불어 그때의 현실과 씨름하여 쓴다고 한들, 그 글을 어떻게 소생시킬 수 있단 말인가. 비록 그 자신을 눌러서, 그의 말처럼 사상의 자살을 시도한 끝에 몇 마디의 메모만 썼다 하더라도 가택수색 당하는 주요 증거물이 되었다.

그를 우울증에서 구원할 수 있는 길은, 육체의 쾌락을 거리낌없이 추구했던 그로서는 여체의 그림을 통해서만 유일하게 치유될 수 있다고 생각했다.

여체에서 오는 즐거움으로 르누아르나 마티스처럼 부드럽고 사랑스런 윤곽을 찾을 수 있을 것 같았다. 그는 내가 바라던 것과 같이 정이의 육체에서 신비한 생명의 힘, 율동적인 선, 욕망을 일으키는 성의 오르가슴뿐만 아니라 그림의 오르가슴도 느꼈을 것이다.

나는 정이를 그에게 모델로 데려다줬을 때, 정이와의 관계를 예감하고 있었지만 그의 우울증을 치료하기 위해 그 예감을 두려워하지 않았다. 그가 죽어가면서도 다른 여자들과의 관계처럼 정이와의 관계를 내게 말하지 않았던 것은 정이에 대한 그의 속 깊은 사랑이었다.

나는 그 사실 앞에서 유연하게 그의 사랑을 축복해줬다.

나는 그와 처음 만났을 때 보통 여자들의 속성처럼 나의 인생을 그의 속에서 찾으려 했고 그를 소유하고 싶었었다. 그러나 나는 갈등, 고뇌, 고독, 인내 등의 긴 터널을 빠져나와 체념의 자유 속에서 여성성을 스스로로 뛰어 넘은 사랑을 그에게 했다.

결국 니체적인 그가 내게 항복하고 평화롭게 자연속으로 돌아갔다.

비너스의 부활

가정에 대한 남자의 사랑과 책임감은 자신에게 쏟은 장식품적인 사랑보다 더 크고 근원적이므로 그를 아내 곁으로 보내야 한다.

칼립소는 눈물을 흘리지 않았지만 여자는 울면서 남자를 보냈다.

사랑은 크로노스의 시간처럼 영원할 수 없고 비너스의 거품처럼 허망하다며….

그런데도 유부녀의 외도가 해마다 늘어나고 있다. 비너스의 부활이 시작된 것처럼.

비너스의 부활

차는 계속 달리고 있다. 밤 사이에 내린 이슬은 아침 햇살 아래 투명하게 터지면서 여름 길을 촉촉하게 재촉하고 있다. 국도 옆 암벽에 노송이 세월만큼의 옹이를 띠처럼 두르고 밑둥치는 까맣게 풍화했지만, 높게 올라간 가지에서는 솔잎들이 젊은 생명력을 푸르게 뿜어내고 있다.

남자와 여자는 노송을 바라보면서 문득 육십 초반에 든 자신들의 나이를 뒤로 한 열정을 셈해 보며 동질감을 느꼈다.

차 안의 CD 플레이어에서 흘러나오는 베사메무초의 열기와, 바람에 안겨 창문 틈으로 들어온 노송의 푸르름이 남자가 여자에게, 여자가 남자에게 가지고 있는 막연한 성적인 상상을 더욱 달구었다. 아직 누구의 발길도 닿지 않은 밀림 속에 들어서는 조심스런 떨림으로 해가 서쪽으로 기울어질 무렵까지 호텔을 향해 계속 달렸다.

해안가 국도에서 오십 미터쯤 들어가 있는 산속 소나무 숲에 그리스 신전처럼 건축한 고딕 양식의 비너스호텔이 숨어 있었다. 호텔 주차장에 차를 댄 남자가 조수석으로 가서 문을 열자, 여자가 주위를 살펴보고 나서 차 밖으로 나왔다. 로비로 들어가는 입구에 루브르박물관이 소장한 비너스상을 화강암으로 흉내 낸 조각품이 서있었다. 풍만한 둔부와 만지고 싶은 유혹을 막으려는 듯 팔로 감싼 유방, 목욕을 하려는 것인지 목욕을 막 끝낸 것인지 아리송한 포즈로 앉아있는 모습이다.

로비는 한가했고 안내 데스크에 앉아있던 남자 직원이 빠른 동작으로 두 사람을 맞이했다. 데스크 뒤에는 100호에 가까운 복제판 비너스 탄생이 현관을 마주하며 걸려있어 들어오는 사람마다 눈길이 가 닿는다. 비너스호텔을 찾는 사람들의 의식 속에 내재된 불온한 관계가 비도덕적인 금기의 영역이 아니라는 것을 간접적으로 변호하고 있는 것 같았다. 긴 금발을 휘날리는 관능적인 나체의 비너스가 바다의 신이 밀어올려준 조개껍데기를 타고 서풍의 신 제퓌로스가 불어준 바람으로 퀴프로섬에 도착하자, 섬에 살고 있던 계절의 신 세 자매 가운데 맏이인 봄의 여신 탈로가 옷을 입혀 주는 장면이다.

시간의 신인 크로노스에게 어머니인 대지의 여신 가이아가 낫을 주면서 원치 않는 자식이 더 이상 잉태되지 않게 아버지인 하늘의 신 우라노스의 음경을 제거해 달라고 간곡히 부탁한다. 크로노스는 아버지인 우라노스가 어머니를 품어 음경이 팽팽하게 부풀자 낫으로 싹둑 잘라 던져버린다. 우라노스의 피는 가이아의 몸 위로 떨어지고 정액은 바다에 떨어져, 정액 속에 들어있던 사랑의 정기가 거품이 되어 떠다니다가 비너스 여신을 탄생시켰다.

　남자가 데스크에서 룸의 키를 받아 들고 한 옆에서 몸을 숨기듯 서 있는 여자를 데리고 5층 룸으로 들어갔다. 바다를 향해서 난 창가에서 보이는 하늘은 감색 노을이 보랏빛 구름 속으로 섞여들고 바다에는 파도에 밀린 하얀 거품이 쉬임없이 일어나고 있었다.

　침대를 둘러싼 낮은 벽면에 삼각의 거울이 여러 개 붙어있어 침대에 걸터앉은 여자의 몸이 피카소의 분해적 입체파의 그림처럼 비쳐보였다. 남자가 여자 앞으로 다가서 역시 분해된 모습으로 여자의 어깨를 감싸 안았다. 여자의 어깨가 가늘게 떨렸다. 그 떨림이 남자의 가슴에 감전되어 뜨거운 입술이 여자의 입을 열게 했다. 여자는 남자의 타액을 혀로 빨아 삼키며 정신이 아득해져 갔다. 남자는 한동안 입맞춤에 함몰된 채 얼마간 있다가 열에 들뜬 듯 허둥대며 여자의 겉옷부터 벗겨 나갔다. 차례대로 옷이 다 벗겨지고 마지막 팬티 하나만 남자, 여자는 어머니 뱃속의 태아처럼 몸을 웅크렸다. 불을 꺼줘요. 여자가 말하자 남자는 일어나 전기 스위치를 모두 내렸다. 어두워진 방안에 늦은 오후의 빛이 커튼 사이로 스며들었다. 여자는 팬티를 자신의 손으로 벗고 웅크린 몸을 펼쳐 서서히 남자의 알몸을 받아들였다. 케스도스 히마스의 마법띠를 두르고 남자에게 쾌락의 즐거움을 준 비너스로 부활해서 남자를 관능의 쾌락으로 이끌었다.

　여자는 십여 년간 거품 속에서 파도를 타며 떠돌다가 남자를 만났다. 자신이 사랑을 받을 줄만 아는 여자가 아니라 사랑을 주고 싶어 열망하는 여자라는 것을 남자를 만나기 이전에는 몰랐었다. 여자는 남편에게는 담백한 아내로만 부부관계를 했던 자신이, 이처럼 남자의 성적인 욕망을 받아들이며 남녀의 사랑이 육체를 매개로 완전해진다는 사실이 놀라웠다. 사랑은 거품처럼 덧없는 것일지도 모른다는 생각과 세월을 뛰어넘어 영원히 존재할 수 있다는 양극 간에서 여자는 갈등을 스스로 누르며 말했다.

비너스는 말이에요, 남편이 있는데도 얽매이지 않고 많은 신들과 사랑을 즐겼잖아요. 결국은 남편인 헤파이스토스에게 들켜 망신은 당했지만요. 요즈음 유부녀들의 외도가 해마다 늘어나고 있다는군요. 아, 그래서 호텔 현관에 걸려 있는 비너스 탄생이 바로 비너스 부활이라 할 수 있겠네요.

남자는 아내의 모습이 스치듯 떠오르자 지우려는 듯, 여자의 길고 늘씬한 몸을 와락 끌어안았다. 그의 가슴에 닿은 유방의 탄력이 남자의 몸을 또 뜨겁게 해, 여자의 몸 곳곳을 탐색하듯 만지며 입술을 이마에서 코로 목으로 부드럽게 맞춤하며 나가다, 젖꼭지에서는 허기진 갓난아이처럼 세게 빨았다. 여자는 가쁜 숨을 토해 내며 남자를 몸 안으로 깊이 빨아들여 고여 있던 뜨거운 샘물을 몇 번이고 쏟아냈다. 격랑이 지나간 다음, 남자는 당신의 우물은 참으로 신비하군요, 여자의 몸을 쓰다듬으며 말했다.

플라톤이 살아나서 우리를 보면 놀라서 입을 다물지 못할 거예요. 여자는 재미가 있다는 듯 웃으며 말하자 남자는 왜? 라는 표정으로 여자를 봤다. 플라톤이 뭐라고 했는지 아세요? 쾌락은 악을 낳는 미끼라고 했어요. 그러면서 노년이 되어 미끼와의 전쟁에서 자유로우니 노년이 얼마나 좋으냐고 했어요. 한 술 더 떠서 노년이 좋은 것은, 쾌락을 즐길 수 없다는 것이 비난거리가 아니라 오히려 칭찬거리가 되기 때문이라고 했거든요. 남자는 픽 웃으며 플라톤이 발기부전증이었나 보지요. 지금 우리를 보면 격세지감을 느끼겠군요. 여자는 격세지감? 하며 잠깐 생각하더니, 고대 수메르의 남겨진 돌에 새겨진 길게 째진 모양이나 오벨리스크에 담긴 남근상을 보면 건축물에 숨은 에로티시즘이 고대인들이 우리보다 더 진보적인 사고로 성을 즐겼었다는 생각이 들지 않아요? 하고 남자를 올려다 봤다. 남자는 일어나 앉으며, 오랫동안 혼자 살면서 어떻게 해결했어요? 여자를 바라보며 물었다. 자위로 해결했지요. 여자는 간단하고 분명하게 대답했다. 자위행위에 대한 통계자료인데요, 내 기억에 마이너스 플라스 오차 범위가 이, 삼은 될 거예요. 여성 육십 대는 오십 삼 프로, 칠십대는 사십 구 프로, 팔십대는 삼십 오 프로가 자위행위를 한대요. 남자는 말했다. 팔십대 노인들도 자위행위를 한다는 사실이 놀랍군요. 여자는 웃었다. 노년의 성이 금욕의 미덕이라는 잘못된 생각들이 바꿔져야 해요. 우선 가족들의 이해가 필요하지요. 하긴 나의 딸도 엄마는 이미 사랑과 성을 폐업한 줄 안다니깐요.

　여자는 딸을 생각했다.
　삼십오 세 된 딸이 여고 2학년이던 때였다. 명랑하던 딸이 미술반에서 양평에 교외 스케치를 하고 온 날부터 이상해졌다. 말수가 적어지고 아버지를 정면으로 보지 않고 대화도 피하려고만 했다. 여자는 처음에는 무심한 채 지나쳤지만 날이 가도 바뀌지 않는 딸의 행동이 이상해 왜 그러느냐고 달래고 다그쳐물었다. 그러나 딸은 아무것도 아니야, 라고만 했다. 그 당시 남편의 귀가 시간이 늦어지고 골프 약속이 있다며 새벽에 나가기도 했고 그런 토막시간의 외출이 잦아지더니 외박하기도 했다. 친구와 직원 등의 부모들, 조부모들이 수없이 죽어가는 가짜 사망이 외박의 이유가 됐다. 여자는 남편을 믿었기 때문에 의심 없이 받아들였다. 남편은 예전 같지 않게 부부관계를 자주 갖지 않았다. 그것 역시 의심하지 않았다. 공구부품을 제조해서 외국에 수출하는 남편의 일이 힘들고 바빠서 자주 갖지 못하는 것으로 체념했고, 여자 역시 의상실 꾸려가기에 바빴기 때문에 별 의심 없이 가정생활의 틀이 어긋나지 않고 잘 흘러갔다. 전에 없이 아버지에 대한 딸의 냉정한 태도가 뭔가 이유가 있다 싶어 여자는 딸의 마음을 열도록 애썼다. 딸은 자기의 이상해진 행동에 괴로워하는 엄마가 안됐는지 아무렇지도 않은 듯 사춘기 증상이라고 말했다. 여자는 그 말에 웃으면서, 사춘기 증상이 심하구나 했다. 딸이 대학교에 입학하고 나서도 아버지와 될 수 있으면 같이 있으려고 하지 않고 피했다.

남편의 회사에 한 번도 가보지 않던 여자가 우연히 회사 근처에서 볼일을 보고 돌아가는 중이었다. 남편의 차가 회사의 차고에서 나와 대로로 미끄러지듯 천천히 가더니 대로변에 서 있던 야한 옷을 입은 여자 앞에 멈춰섰다. 여자가 빠른 동작으로 남편 옆 조수석에 올라타자 차는 빠른 속도로 떠났다. 여자는 바람이 빠져나간 축구공처럼 멈춰서서 차가 떠난 방향을 텅 빈 시선으로 바라만 봤다.

그날 밤, 남편한테서 지방에 있는 공장에 볼일이 있어 집에 못 들어간다는 전화가 왔다. 다음 날, 여자는 공장에 전화를 했고, 남편이 오지 않았다는 것을 알아냈다. 밤늦게 집에 들어온 남편에

120

게 앞뒤 말없이 어제 같이잔 여자가 누구냐고 물었다. 남편은 순간 놀란 듯하다 태연하게 여자의 말을 잘랐다. 남편에게 가려져 있던 장막이 걷히고 남편의 이중적인 모습이 드러났다. 남편과 공존했던 사랑의 기억들이 날카로운 칼날이 되어 여자의 몸과 마음을 쑤셔댔다. 남편은 거짓이 통하지 않자, 남자란 때에 따라 여자와 즐길 수도 있는 것이지, 그렇다고 내가 가정에 소홀했냐며 따지듯 말했다.

그때, 딸이 제 방에서 나오더니 "아빠, 제가 고2때 양평에서 여자와 모텔에서 나오는 것을 보고 얼마나 충격 받았는지 아세요? 엄마에게 상처주기 싫어 지금까지 말을 못했어요. 아빠는 계속해서 엄마를 속였어요. S호텔 화랑전시회를 보러 갔을 때, 아빠는 레스토랑에서 여자와 차를 마신 후, 아빠가 엘리베이터를 타고 올라 간 다음, 한 5분 후에 여자 역시 엘리베이터를 타고 아빠가 내렸던 객실 층에 똑같이 내렸어요. 아빠의 위선이 이제는 무서워요." 하고 빨갛게 상기된 목소리로 말한 뒤 자기 방으로 들어갔다.

여자는 남편에 대한 믿음의 결과가 남편이 떳떳하게 말하는 외도였나싶어 더 이상 말을 하고 싶지 않았다. 부부간의 싸움으로, 논쟁으로 해결할 문제가 아니라는 판단이 서자, 여자의 마음은 이성적으로 냉철해져 갔다.

믿음 하나로 감겨졌던 눈이 활짝 떠지면서 육감의 촉수가 날카로워져 남편의 일거수일투족이 촉수에 걸려들었다. 결국 처음에는 남편의 외도가 자기에게도 책임이 있지 않나싶어 속 깊이 끓어오르는 분노를 참고 더욱 잘해줬다. 때로는 자신 같지 않은 속성을 만들어가며 애교도 떨고, 눈물로 아픔의 진정성을 보이기도 했다. 그러나 그 어느 것 하나 남편의 감성의 그물에 걸려들지 않았다. 마침내 남편의 자제력을 잃은 습관적 바람기를 정신병적으로 생각하게 되었다. 신경정신과 의사의 상담을 받아 보았다. 의사는 친절하게 설명을 했다.

상습적인 불륜은 사랑에 중독되었기 때문에 끊임없이 바람을 피웁니다. 사랑에 빠지면 필로폰과 유사성분인 페닐에칠라민이라는 물질이 피곤하지 않게 하며, 상대방을 그리워하게 만들고 세상 모든 것보다 상대방이 최고로 보이게 하는 구실을 합니다. 사랑은 정신병적인 상태라고 흔히 표현하는 이유는 이 물질의 작용 때문이지요. 삼십 분 정도 달리기를 하면 뇌에서 분비되는 마약성분 때문에 기분이 상쾌해져 달리기를 계속하게 되듯이, 사랑에 중독된 사람들은 이런 기분을 맛보고 싶어 계속 바람을 피우는 것입니다.

여자는 사랑에 중독되어 상습적인 바람을 피우는 남편을 이해하는 데에 한계점에 이르렀다고 생각했다. 딸이 대학을 졸업하고 자립하게 되자, 남편과의 삶들을 미련 없이 뒤로하고 오십오 세에 이혼을 했다. 인생의 질서를 바로잡아 새 인생을 살려는 의지 앞에서는 오십오 세가 늦은 나이가 아니라고 생각했다.

십여 년이 지난 오늘, 삼십 오 세인 딸은 세상에서 일컫는 올드미스, 하이 미스로 통한다. 섬유미술을 전공해서 의류업계에서 나염 디자이너로 일하고 있다. 이제 딸은 노처녀라는 것에 염증이 났는지 괜찮은 남자를 만나게 해달라는 기도를 마음속에 넣고 다니는 것 같았다. 인생의 목표에 허구가 아닌 진정한 자각과 유머감각이 있는 남자, 책임감이 있고 자기의 꿈을 이룬 남자, 거기에 더 하나 추가할 것은 건강한 남자라는 것. 딸이 원하는 남자 찾기가 복잡한 그림 속 물건 찾기보다 더 힘들었는지 딸의 그림은 단순해졌다.

딸이 남자의 건강에 대해 민감한 반응을 보이게 된 것은, 집안 좋고 명문대 출신의 사업도 성공한 남자에게 시집을 잘 갔다는 친구가 결혼 삼 년 만에 탈선했기 때문이었다. 부부의 성생활에서 욕구불만에 의한 신경질 증세를 보였고, 남편에 대한 존경심과 사랑이 서서히 빠져나갔다. 남편의 해외 출장 중 친구들과 어울려 나이트클럽에 가서 알게 된 남자와 호텔에 드나들게 되었다. 쾌락의 짜릿한 흥분으로 성의 진실을 알게 된 그녀는, 부도덕하다는 죄책감을 갖지 않았다. 남편에게서는 경제적 안정과 가정의 평화로움, 애인에게서는 성의 즐거움을 양손에 쥐고 어느 것 하나 버리려고 하지 않는 이중생활의 그녀가, 공중곡예사처럼 아슬아슬하여 바라보는 쪽에서도 마음이 편치 않았다.

딸은 어머니의 남자관계를 알고 놀랐다. 육십 대 어머니의 육체 속에 내밀한 정염이 있다는 것이 상상이 안됐다. 딸이 보는 어머니의 존재 속에는 여성의 성적매력보다 모성으로만 존재했다.

남자가 여자를 만남으로써 다시 살아난 성적인 욕망은 서정적 낭만을 끌어안고 육십삼 세 남자의 가슴을 열정으로 부풀게 했다. 여자와 2박 3일간의 여행을 떠나면서 아내에게 간단한 메모 한 장을 식탁에 던져 놓았다. '사업상 지방으로 출장 갔다가 3일 후에 귀가 함.' 남자는 알고 있다. 아내는 자신의 시간을 집에다

가두지 않고 자유롭게 열어준 남편을 고맙게 생각하리라는 것을.

아내는 아침 6시에 일어나 한 시간 동안 아파트 인근에 있는 산책코스를 한 바퀴 돌고 들어와 보니, 메모쪽지가 남편을 대신해서 식탁에 놓여있었다. 남편이 놓고 간 메모쪽지의 글을 읽고 나서 종이를 구겨 쓰레기통에 던져 넣었다. 아내는 남편 없는 식탁이 쓸쓸하기는 커녕 오히려 아침 식사 준비를 힘 안들이고 간단하게 할 수 있다는 편안함에 흡족했다. 남편은 자신에게 풍족하게 돈을 잘 벌어다주고 변함없이 남매의 아버지로서 자리를 지키는 자신의 울타리로서 충분했다. 아내는 폐경기 이후 남편과의 잠자리가 즐겁지 않고 고통스러워졌다. 남편에게는 어두움이었지만, 아내는 자연의 순리로 받아들였다.

아내는 대충 아침밥을 먹고 새로 구입한 명품 옷을 친구들에게 보이고 싶어, 큰 거울 앞에서 입고 나서 점심 약속장소로 갔다. 노년의 문턱에 선 그녀와 친구들은 어느 집의 음식이 특색있고 맛있는지 찾아다니며 먹는 것이 즐거움 중의 하나가 됐다. 식도락을 즐긴 후, 분위기 좋은 찻집에 들어가 차를 마시며 아내의 옷을 보며 역시 명품 옷이라 멋있고 좋다고 칭찬들을 하고, 수 천만 원의 다이아 목걸이의 세팅이 새롭다고 품평을 하다가, 근래에 집안 분위기를 바꾼 인테리어, 새로 구입한 가구 등 화제가 줄줄이 이어졌다. 차를 마신 지 한 시간이 흘렀고, 말들을 더 하고 싶은 조급증과 뭔가 채워지지 않는 허전함을 메우려고, 살구 빛 거품이 부드러운 칵테일 한 잔씩을 더 시켰다. 멀어진 젊음을 그리워하며 더 늙기 전에 한 번쯤 열정적이거나 낭만적인 사랑을 꿈꾸게 만들었다. 잠시나마 아내, 어머니, 어느 집의 며느리의 자리에서

124

벗어나 여자로서의 존재를 찾고 싶은 은밀한 욕망이 그녀들을 꿈꾸게 했다. 그러나 남편이 가꾸어준 풍요로움을 스스로 즐기면서 결혼생활의 울타리를 벗어나는 모험이 두려웠다. 친구들 중 바람난 남편을 둔 여자는, 결혼은 사랑의 완성이 아니라 사랑을 죽이는 것이라고 말했다. 그 말에 뚱뚱해 보이는 친구가 거들었다. 성적으로 너무 친숙해진 부부의 성은 단물 빠진 껌이야. 달콤하고 향기로운 물이 빠진 껌은, 씹는 데 편해 소리까지 낼 수 있지만 맛과 향이 없어졌잖아. 키가 큰 친구가 동조했다. 어머, 네 말이 맞아. 우리 부부관계는 의무적으로 한 번씩 치르는 의례가 되었어. 열정과 흥분 없이 말이야. 그러니 새로운 상대를 찾고 싶은 것은 남자들뿐만이겠어? 여자 역시 마찬가지겠고, 다만 여자에게 외도는 빛깔 고운 독버섯이라 먹지 못할 뿐이지. 외도한 남편을 둔 여자가 반기를 들었다. 너에게는 독버섯일는지 모르지만, 요즈음 삼사오십대 유부녀들의 외도가 애들 말처럼 장난이 아니야. 남자들도 처녀보다 책임을 안져도 되는 유부녀가 좋거든. 결국 제 마누라도 외도의 그물망에 걸려들 수 있다는 것을 알기나 하는지. 하긴 나도 남의 남편은 바람을 피워도 내 남편은 보증수표라고 믿었거든. 그런데 거래처의 유부녀인 여직원과 내연의 관계라는 것을 알았을 때, 날벼락이었어. 말을 끝내고 물 컵을 들어 벌컥벌컥 소리 나게 마시더니 컵을 거칠게 탁자에 놓았다. 키 큰 친구가 말했다. 그 여자 남편한테 일러바쳐 혼 좀 내주지 그랬어. 안돼, 법적 문제가 일어나 이혼하게 되면 결국 내 남편이 책임을 져야 하잖아. 그래서 울며 겨자 먹기 식으로 그 여자를 만나서 다시는 만나지 말라고 위협을 했어. 잠깐 말을 멈추더니 물을 또 마셨다. 그

랬더니? 뚱뚱한 친구가 궁금함을 노골적으로 눈에 담고 다음 말을 재촉했다. 뭐랬는지 알아? 여자가 죄송하다고 일단 사과하더라. 그러더니 사장님 바람난 것 사모님한테도 책임이 있다는 거야. 그러면서 사장님이 자기를 찾지 않도록 거울을 보시고 외모를 여성답게 매력적으로 가꾸시고 섹스어필하게 보이도록 노력을 하라는 거야. 내가 오히려 충고를 들었어 세상에. 아내가 한마디 더 했다. 하긴 일리 있는 말이야. 넌 너무 나이 먹은 티가 나게 외모를 안 가꾸잖니. 집안만 꾸미지 말고 이제부터라도 자신을 좀 가꿔 나가라.

아내는 남편이 지방에 내려가 이틀간 집에 없다며 우리 집에 가서 저녁밥을 먹고 고스톱을 치자고 했다. 집에 들어가 남편의 밥을 챙겨줘야 하는 친구들은 그녀를 부러워하면서, 이제는 남편 챙겨주기가 싫어졌다며 핸드폰으로 각자 남편에게 저녁밥 먹고 늦게 들어가게 됐으니 외식을 하든가, 끓여 놓은 국이 있으니 냉장고 안에 있는 반찬으로 알아서 먹으라며 핸드폰을 탁, 탁 껐다.

남자는 지금까지 느껴보지 못한 성애의 극치감이 여자의 우물에서 쏟아지는 뜨거운 샘물 때문인지, 정신적인 일체감에서 오는 것인지 오로지 경이롭고 놀라웠다. 여자의 뜨거운 샘물이 고여 있는 우물 안에 들어가자 지난 날 허구로 쌓아 올린 삶의 두께를 털어 내리고 성적인 욕망 속에서 삶을 두텁게 하는 소중한 가치를 비로소 찾은 것 같았다. 지금까지 가져왔던 여자들과의 관계처럼 일반적인 성행위가 아니라 바로 사랑의 관계이기 때문에 남자의 욕망 이외의 고유한 가치가 더해진 완벽한 남녀관계로 완성되었다고 생각했다.

전에 가졌던 여자들과의 일반적인 관계는, 아내와의 성생활에 어두움이 내려진 이후 채팅을 통해서였다. 아이디가 불꽃인 여자와 영상 안에서 파묻힌 불씨를 찾아내어, 영상 밖에서 육체로 불꽃을 타오르게 했었다. 몇 번의 불꽃놀이를 즐겼지만, 어느 순간 유부녀인 그녀와의 만남이 정이 들까 두려워져 만나지 않았다. 아이디가 장미인 사십 대의 독신녀와 번팅, 번섹으로 속도감 있게 만나서 욕망을 풀고 난 후에 찾아오는 회한에 남자는 고독해졌다. 남자는 지금까지 살아온 인생이 물레방아 같다고 생각했다. 몸통과 몸살로 엮은 바퀴가 쉬지 않고 돌아 물줄기를 쏟아 내려서 쌀, 보리를 사람들 손에 들어가게 하지만, 자신의 몸통에는 물줄기만 있을 뿐, 손에 잡히는 것은 아무것도 없었다.

나이가 먹어가면서 메마른 가지에 황량한 바람이 닿듯 그의 마음은 추워만 갔다. 아버지, 남편, 기업체 사장 등의 타이틀의 관계 속에 얽매여 자신의 존재는 없어져 갔다. 그 관계 속에서 탈출을 해, 한 남자로서의 존재를 인정해주는 여자를 만나고 싶었다. 그래서 그동안 잊혀졌던 남자인 자신의 존재를 찾고 싶었다.

삼 개월 전, 남자는 여자를 골든클럽에서 만났었다. 골든클럽은 매주 토요일 한 시부터 정기적인 모임을 갖는데, 회원은 오륙 십 대 이상의 남녀로 G 세대라고 스스로 칭했다. 그레이(Grey), 그레이스(Grace), 젠틀(Gentle), 그레이트(Great), 골든 에이지(Golden Age)는 노년이지만 삶의 완숙기로, 흑발 속에 백발이 섞여 회색머리를 한, 세련되고 온화하며 풍랑을 다 겪어낸 위대한 황금기에 접어든 세대라고 했다.

남자는 은행 지점장으로 퇴직한 친구의 안내로 골든클럽에 들렀다. 100여 평의 홀을 임대해서 매주 토요일 사용하였다. 삼십여 명의 남녀회원들이 테이블마다 삼사오 명씩 앉아 음료수, 술을 마시고 있었다. 주 회비 일만 원을 내면 점심, 안주를 제공했다. 회원 중 하나가 술과 과일을 협찬으로 내놓았고, 몇몇 회원은 후원금을 내놓기도 했다. 회장은 오십 대 중반의 독신녀. 사회복지학과 석사학위 논문으로 노년의 문제를 연구해서 '장자의 죽음의 세계, 무위(無爲)와 무우(無憂)'를 제출해 학위를 받은 장자의 예찬론자였다. 그녀는 회원들에게 장자의 생사관에 관한 일화를 들려주는 것을 보람으로 여겼다. 첫째 일화로, 장자의 부인이 죽자 물동이에 바가지를 엎어 놓고 두드리며 '그대는 이 세상 괴로움의 굴레를 벗고, 근심 걱정에서 벗어나 고향으로 돌아가니 즐겁지 않겠느냐' 며 축하의 노래를 불렀다. 인생의 현실을 뛰어넘어 생사일관보다 죽음의 세계를 예찬하며 무위, 무우의 세계를 보았다. 둘째 일화는, 자상호라는 이가 죽었을 때 시상(屍床)앞에서 거문고를 타고 노래하는 말이 "상호여! 상호여! 그대는 이미 진원(眞源)에 돌아갔구려"였다. 셋째 일화, 애봉국에 여희라는 아름다운 여자가 처음 진왕에게 시집을 갈 때 싫어서 옷이 젖도록 울었다. 그러나 시집간 뒤 왕과 잠자리를 하고 좋은 옷을 입고 맛있는 음식을 먹은 뒤에는 시집올 때 울던 것을 후회하였다. 그와 같이 죽음을 무서워하던 사람이 죽은 뒤에 비로소 살던 때를 후회한다고 말하여 죽음이 사는 것보다 즐겁다고 한 것이 장자의 생사관이라 말했다.

남자는 홀 안을 둘러보았다. 모임의 진행 순서가 흰 종이에 나이 들어 보이는 먹글씨체로 써붙여져 있었다. 남자의 눈에 오십 대 후반으로 보이는 여자 하나가 인물화처럼 산뜻하게 들어왔다. 까무스름한 피부에 멀리서도 알아볼 수 있는 짙은 눈썹과 크고 까만 눈이 목선까지 내려온 까만 단발머리가 갸름한 얼굴을 받쳐 주었다. 브이 네크의 까만 원피스가 잘 어울려 마네의 그림 속 여인처럼 고전적이면서도 고혹적으로 보였다.

신입회원 소개에서 여자는 사회자의 안내로 중앙 탁자에 놓인 마이크 앞에서 간단한 인사말을 하였다. 여자의 걸음걸이 속에는 유혹적인 흔들림이 물안개처럼 그녀 주위를 감싸 돌았다. 남자의 친구는 여자를 바라보면서 지적이면서도 섹시해 보이지? 하고 은근하게 말했다. 남자 역시 사회자의 안내로 신입회원으로서 인사를 간단히 했다. 여자는 같은 신입회원이라 남자를 관심 깊게 바라 봤다. 크지 않지만 작지도 않은 체구가 단단해 보이는 남자의 얼굴은, 정감이 가는 깊고 서늘한 눈빛을 가지고 있었다. 구릿빛을 띤 얼굴의 턱 선이 미국 배우 그레고리 펙을 닮아 남자다운 완강함이 보였다. 인사를 마치고 자신이 앉았던 테이블로 돌아오던 남자와 여자의 눈길이 짧은 순간 엉겨들다 떨어졌다. 남자가 자리에 앉으면서 웃으며 목례를 하자 여자도 살짝 웃음을 보냈다. 가요경연 시간에 품위 있게 옷을 입은 여자 회원이 나와 박재란의 맹꽁이 타령을 흥을 돋우며 불렀다. 노래에 맞춰 둥글게 흔드는 몸짓에서 여성성이 배어나왔지만, 늙음에 대한 애달픔이 서러워 보였다. 더불어 식사시간이 되자 친구가 남자를 데리고 여자가 앉아있는 테이블로 가서 평소 친하게 지내는 여자의 친구에게 인사시켰다. 여자의 친구도 그들에게 여자를 인사시켰다. 그들은 자연스럽게 어울려 같은 테이블에서 식사를 하였다.

네 사람은 골든클럽에서 모임이 끝나자 근처에 있는 맥주집으로 들어갔다. 여자는 맥주를 맛있게 길게 마시면서 남자를 보았다. 선생님 낯이 많이 익어요. 어디서 본 듯해요. 남자는 여자를 깊고 그윽하게 보면서 말없이 웃었다. 여자의 나이는 보는 사람에 따라 숫자가 달라졌다. 화들짝 환하게 웃는 모습, 경쾌하고 빠른 몸동작, 잘 다듬어진 아직도 곡선의 볼륨이 살아있는 일 미터 육십이 넘어 보이는 늘씬한 몸매와 무거움이 담겨있지 않은 맑은 목소리를 보면 오십 대로 보였다. 그러나 때로 어두운 얼굴로 가만히 한숨을 내쉬며 고개를 숙인 턱 선에 잡혀지는 주름, 쌍거풀진 크고 까만 눈 주위에 가늘게 잡힌 잔주름을 보면 육십 대 초로 보이기도 했다.

이혼 후, 여자는 남편과 바람난 여자들처럼 되지 않기 위해 유부남과의 데이트는 피했었다. 시간이 지날수록 제도권 안에서만의 남녀관계를 인정한 자신이 감정의 불구자에 지나지 않는다는 것을 깨닫기 시작했다. 여자는 몇 명의 남자와 데이트를 했었다. 사랑한다는 말 속에 감춰진 허구의 미끼를 정원으로 알고 꽃을 심고 나무도 가꾸려고 했지만, 정원이 아니라 정액으로 눅눅해진 음지의 이끼일 뿐이었다. 여자는 의상실의 새로운 디자인, 경영에 마음을 쏟아 넣고 일에만 열정을 쏟은 채 감정과 이성의 충돌 없이 지냈었다.

골든클럽에서 남자를 알게 된 이후, 그의 전화를 기다리고 만나는 것이 길고 짧음의 관계없이 여자를 들뜨게 했고 행복하게 했다. 그의 신중하고 끈끈하지 않은 담백한 언행과 단단하게 생긴 힘이 뻗어 보이는 몸에는 그 나이의 다른 남자에게서 느낄 수 없는 남성적 매력이 있었다. 마음과 몸이 열렸다.

처음으로 몸과 마음이 동시에 뜨거워지면서 온몸에 전기가 방전되듯 전율이 흐르는, 여자는 처음으로 찾아든 이런 감정 앞에서 망설임 없이 그 감정에 충실했다. 육십이 넘은 이 나이에 다시는 찾아올 수 없는 귀한 느낌이었다. 그 느낌은 사랑이었다. 유부남이라는 현실적 도덕성이 걸림돌이 될 수 없었다. 여자는 평소라면 엄두도 못낼 남자와의 2박 3일간의 여행을 떠났다. 사랑은 이미지가 아니다. 바라만 보는 사랑이 아닌 만져봐야만 느껴지는 사랑이 그리웠다. 손을 잡고, 포옹을 하고, 입맞춤을 통해 서로의 살갗이 닿았을 때 사랑은 구체화되고 실제적으로 이루어진다고 생각했었다.

여자는 남자를 만나기 전, 바쁜 생활 속에서도 문득 이대로 더 늙어가기는 억울해 때로는 한눈도 팔고 싶은 본성으로 두어 번의 사랑을 시도했지만 실패했었다. 어떤 남자에게 정서적으로 마음이 열려 기대감으로 다가서서 입술을 포개었지만, 뜨거워져야 할 몸이 열리지 않았다. 또 다른 남자에게는 몸이 뜨거워져 들뜨게 했어도 입술이 닿는 순간 마음속으로 안돼, 안돼, 마음의 문이 열리지 않아 이성적으로 자제가 되었었다.

여자가 남편에게서는 느껴보지 못했던 성의 극치감을 수없이 쏟아낸 것은 자신의 성적 에너지 때문이 아니라, 두 사람이 처음이라는 줄 하나에 마주 부딪쳤기 때문이라고 여겼다. 그것은 신비하고 경이적인 운명적인 예시로 받아들였다.

여자는 그와 운명적 만남이라는 예시로 이십여 개월 틈새 없이 행복한 나날을 보냈다. 그 이십여 개월간 감정은 밀착되었지만, 간간이 시간적인 틈새에서 여자는 멀어짐을 느꼈다. 일요일, 여자는 다른 약속 다 제쳐두고 오로지 남자와 시간 갖기를 바랐다. 요즈음 들어 그는 전처럼 일요일에 그녀와 시간 갖기를 바라며, 먼저 물어오지 않아 여자가 먼저 물었다. 일요일 뭐하세요? 내일 친구하고 등산가기로 했는데…. 말의 음절이 불분명하게 들렸다. 난 내일 우리 만나려고 다른 약속을 안 했는데요. 여자가 말했지만 남자는 말이 없었다. 여자는 목이 잠긴 음성으로 나를 만나든가, 등산을 가든가 선택하세요. 남자는 마지못한 듯, 그럼 등산은 그만두기로 하고 내일 만나지 뭘. 여자는 말끝에 따라붙은 뭘, 이라는 말이 거슬렸다. 뭘이 여자의 자존심을 찔렀다. 여자는 남자와 헤어져 집에 오면서 얼마나 다짐했던가, 내일 만나지 않겠다.

다음 날 여자는 만나지 않겠다는 결심과 만나고 싶다는 갈등을 겪다 결국 그를 만나러 가는 자신에게 화가 났다.

여자는 그와의 만남을 절대적인 우위에 놓았다. 남자가 약속 없이 전화를 해서 만나자고 하면, 여자는 이미 예약된 약속을 취소하고 그와 만났다. 그와 만나는 짧은 시간 속에도 시간의 틈이 아까웠다. 일 밀리미터도 허용되지 않는 퍼즐의 짜맞춤처럼 만남의 시간이 완벽한 그것이 여자의 사랑방식이었다. 남자가 여자를 위해서 계획된 시간 만들기가 처음 같지 않았다. 점점 허물어져 갔다. 남자의 일과 중, 남는 시간을 메우기 위해 여자에게 만나자는 전화가 올 때 여자는 목말라 갔다. 나는 사랑이지만, 그는 인생의 옵션으로 즐기는 거란 생각에 쓸쓸해졌다.

여자는 남자를 위해서 원룸을 얻어 밥을 짓고 반찬을 만들어 작은 식탁에 마주 앉아 밥을 먹고 차를 마시며, 음악을 듣고, 깊어가는 봄, 여름, 가을, 겨울밤에 이야기로, 사랑으로 밤을 새우고…, 겨울 낮꿈처럼 눈이 내리는 꿈을 꿨었다.

여자는 남자에게 아직 여자일 수 있는 시간이 거의 소진되었음을 알았다. 그에게는 아내는 단 한 사람으로 족했다. 섹스가 맞고 대화가 통하는 그런 여자가 필요할 뿐이다. 집에서 오는 전화를 받을 때, 남자의 몸은 경계심으로 몸이 경직되곤 했다. 어느 날, 여자는 남자에게 농담식으로 나와 아내 중 누구를 더 사랑하느냐고 물었다. 남자는 대답할 수 없다고 했다. 여자는 남자의 정직성이 신뢰가 가고 좋아서 사랑하게 됐지만, 여자의 웃음 뒤에는 눈물이 흘렀다.

다른 유부남들이 여자에게 사랑한다며 프로포즈 했을 때 사랑은 책임이 따르는 것이니 그럼 이혼하라고 쏘아줬던 말이 생각나, 만일 아내가 우리 사이를 알면 이혼할 수 있느냐고 물었다. 남자는 여자의 손을 쓰다듬으며, 가정은 지켜져야 오히려 우리가 편안하게 오래 만날 수 있지 않느냐며, 알려지지 않도록 노력해야 한다고 했다. 남자가 자신과 사랑을 나눌 때, 사랑한다고 한 말은 자신의 벅찬 희열을 표현한 단순한 장식어일 뿐이라는 것에 생각이 미치자, 여자의 열정이 식어졌다. 한때 여자의 열정이 남자의 이기심을 감싸 안고 같은 공모자가 되었었지만, 이제 열정이 식어지면서 공모자가 될 수 없었다. 채울 수 없는 사랑에 매달리는 것은 집착이 되기 쉬웠다. 가정에 대한 남자의 사랑과 책임감이 자신에게 쏟은 장식품적인 사랑보다, 더 크고 근원적이므로 그를 아내 곁으로 보내야 한다.

　트로이 전쟁의 영웅 오디세우스가 오기기아 섬의 칼립소와 칠
년을 보내면서 끝내 칼립소와 영원히 살 수 있는 신의 음식을 먹
지 않자, 칼립소는 오디세우스를 뗏목에 태우고 아내가 있는 고
향으로 보냈다. 그리고 자신의 영원한 삶을 살기 위해 집으로 발
길을 돌렸다.

　여자는 칼립소가 되어 남자와 헤어짐으로써 그리움이 더욱 벅
차 오른다 하더라도 온몸과 영혼을 다해 사랑한 추억으로 뗏목을
만들어 남자를 띄워 보내리라.

　칼립소는 눈물을 흘리지 않았지만, 여자는 울면서 남자를 보냈
다. 사랑은 크로노스의 시간처럼 영원할 수 없고 비너스의 거품
처럼 허망하다며….

제 2 의 존재

남자는 백만 년 전으로 돌아갔다.

그곳에는 집도 가족도 부락도 없었다. 이리저리 방랑하며 힘이 센 남자가 여러 여자들을 거느리고 마음대로 섹스를 해서 여기 저기 씨를 뿌리고 다녔다. 아이를 낳아도 그 아이의 아버지가 누구인지 알 필요도 없고 알려고도 하지 않는 모계 중심의 시대에서 같은 형제, 친척 간에 스스럼없이 섹스를 했다. 남자는 여자가 옆에 있는데도 또 다른 여자, 여동생을 쫓아 산야를 달려 절벽 위까지 올라갔다. 여자를 끌어안자마자 절벽이 무너졌고, 남자는 떨어지며 놀라 소리쳤다. 자신이 내지른 비명에 놀라 눈을 떠 보니 병원이었다. 남자의 의식은 아직도 백만 년 전에 머물고 있어 눈물을 머금고 자기를 바라보는 경아를 뒤쫓았던 여자로 착각했다.

제2의 존재

청계천의 상가 건물은 비록 색이 바랜 낡은 회색 벽이지만 40여 년간 풍상을 겪은 꿋꿋함으로 초라해 보이지 않는다. 그 건물 3층에 들어앉은 2백여 평의 홀은 댄스홀이란 외벽의 간판이 없어도 소문을 듣고 찾아온 고정 단골들이 많다. 각자 사회에서 자신들의 눈높이로 열심히 일해서 얻은 직책, 명예를 내세우려 하지 않는 대담무쌍한 중, 장년들이 자유인으로 살고 싶은 놀이터, 사교장이다.

점심시간이 지난 오후 3시부터 8시까지 춤출 수 있는 홀 안의 내장(內粧)은 낡은 건물 외벽, 청계천이라는 지역과는 대조적으로 현대 감각을 살려서 새 건물이라는 착각을 하게 했다. 홀의 가장자리에는 오동나무 의자들이 신병처럼 줄지어 있어 춤을 추다 잠시 쉬거나, 파트너를 기다리는 사람들을 앉게 해준다.

남자의 춤은 형이상학적이다.

사람들과 섞이지 않고 구석진 자리에서 이 세상에 드러낼 수 없는 언어를 두 다리에 묶어 놓고 음악을 철저히 거부한 채 혼자만의 사념 속에서 움직이지 않고 춤을 춘다. 박경아의 존재는 남자의 뇌수 깊숙한 곳, 시간의 뒤편에 멈춰 서서 살아 움직이고 있다. 폐 깊숙이 들이쉼과 내쉼의 들락거림에 맞춰 두 팔을 둥글게 폈다가 움츠리는 손짓 마디마디에서 지난 흔적들이 미세하게 떨린다.

역사학 교수인 남자는 중소기업체 사장인 고등학교 친구의 안내로 이 홀에 온 첫날, 박경아와 흡사한 여자를 봤다. 여자는 그녀의 친구인 듯한 여자와 빠른 음악에 맞춰 몸을 비틀고 뛰며 춤 속에 빠져 있었다. 자기의 삶을 벗어던지고 싶어하는 몸부림 같기도 하고, 지금껏 헛 산 것 같은 허탈감으로 스스로를 자조하는 것 같기도 했다.

남자는 여자를 보면서 이십 대에 박경아를 처음 대했을 때 느꼈던 뜨거운 열정은 아니더라도 온몸에 생기가 부챗살처럼 퍼져 옴을 느꼈다.

여자의 춤은 형이하학적이었다.

남편과 함께한 세월을 버선짝처럼 뒤집어 털고 싶었다. 몸 속 구석구석에 켜켜로 쌓여있는 억울함을 파장이 빠른 음악에 빠져 몸을 떨며 털어냈다. 그물에 걸려 물 밖으로 던져진 물고기처럼 팔딱팔딱 뛰었다. 천장에 매달려 있는 샹들리에에서 쏟아져 내린 삼 색 불빛은 여자의 춤을 현란한 몸짓으로 보이게 했다.

여자는 친구와 함께 이곳에 나왔다. 남편과 평온하게 살고 있는 친구는 그 평온함의 무료를 메우기도 하고, 남편과의 갈등으로 괴로워하는 여자에게 위로도 된다며 이곳으로 데리고 왔다.

여자는 홀 한쪽에서 자신만의 사념 속에서 혼자서 특이하게 춤추고 있는 남자를 봤다. 표정은 어두웠지만 그의 전체에서 지적인 품위와 단아함이 풍겼다. 여자는 어떤 특별한 느낌을 받았다는 이유만으로 그에게 호감을 가졌다.

음악이 끝나자 남자, 여자는 나무의자로 와서 앉아 쉬었다. 남자는 여자를 바라봤다. 여자도 끌리듯 남자를 봤다. 두 사람은 상대가 자신에게 관심을 가지고 있다는 것을 느꼈고, 오로지 오늘의 만남을 위해 삶의 에너지를 유보해 왔던 것처럼 모든 감각의 에너지가 되살아났다.

남자는 여태껏 경아의 흔적을 완전히 지워내지 못해 어느 여자하고도 교감이 되지 않았었다. 여자의 눈빛, 몸짓이 경아와 닮았다는 외형적 조건이 교감의 메시지가 되어 남자는 의자에서 일어나 여자에게 춤을 청했다.

여자는 그동안 남편으로 인해 마비되었던 여성의 감각이 남자에 의해 되살아나자 춤을 받아들였다. 두 사람은 홀에 미끄러지듯 들어가 블루스 음악에 맞춰 손을 잡고 스텝을 밟았다. 남자는 자신보다 키가 작아 눈 밑 가까이 있는 여자의 얼굴을 내려다봤다. 우체국 창구에 앉아있던 경아가 세월을 앞당겨 이제 사십대의 중년의 나이로 그 검고 푸른 큰 눈망울은 여전한 채 눈가에 주름을 잡고 나타났다. 남자는 여자를 끌어당겨 자신의 가슴에 꼬옥 품었다. 죽어있던 남성이 기지개를 펴며 서서히 일어섰다.

남자는 때때로 꿈속에서 전혀 모르는 여자와 대화와 교감도 없이 쉽게 포옹하며 살갗이 닿는 전율 속에서 섹스를 하곤 했다. 이제 남자는 꿈속이 아닌 현실 속에서 여자와 자고 싶은 강렬한 욕구를 그녀에게 느꼈고, 그래서 섹스만이 아닌 교감에 의한 사랑을 나누고 싶었다.

남자와 여자는 자주 만났다. 홀에서 춤을 추었고, 홀 옆에 있는 휴게실에서 맥주를 마셨다. 두 사람은 과거에 자신들이 각기 누군가를 사랑했던 감정, 성적 에너지는 이제 사라져 없다고 생각했었는데, 그러나 사라진 것이 아니고 보류되어 있다가 새로 알게 된 상대에게 옮겨졌음을 알았다. 둘이 함께하는 시간이 더욱 많아지자 자신을 보완해서 서로를 완성해가는, 더욱 완전한 인간관계로 이끌어 줄 상대를 찾은 것 같다고 생각했다.

여자는 남자의 오데코롱의 싱그러운 체취에서 남편의 얼굴을 떠올리며 젊은 날의 자신을 잠시 되돌아봤다. 아무것에도 물들지 않은 순백의 아름다움으로 낭만이 싹트기 시작한 대학시절 미팅으로 알게 된 남편과 4년여 간 열애에 빠졌었다.

사랑하는 사람을 위해서라면 산부인과 수술대 위에서 두 다리를 벌리고 내밀한 처녀의 자궁을 보여야 하는 수치심도, 미완의 생명체인 핏덩이를 갈기갈기 긁어내는 공포와 죄책감도 참을 수 있었다. 두 번째, 세 번째로 이어지면서도 사랑을 위해서라면 둘이서 같이 죽을 수도, 그가 먼저 죽으면 따라서 죽을 수도 있다는 모딜리아니 아내의 순애보적인 사랑의 결의를 가지고 중절수술을 받았다.

결혼 후, 정작 아이를 낳고 싶어했지만 중절수술 후유증으로 임신 불능이란 진단을 받고 충격이 컸다. 임신과 출산이란 생명의

지속으로 기본적인 생명 순환의 법칙인데도 중절수술로 그 근본을 파괴해온 남편과 자신은 새 생명에 대한 사회적인 살인의 행위자였고 결국 출산을 거부당해야 하는 징벌에 몸과 마음을 가다듬고 따라야 했다. 그러나 남편은 공동의 행위자였음에도 마이너스 생산이란 허무한 결과를 자기에게만 떠안긴 채, 죄책감 없이 다른 여자에게서 자식을 낳으려는 무책임한 이중성을 보였다. 여자의 마음속에는 미움과 분노가 독사처럼 똬리를 틀고 앉았다.

연애 시절, 남편의 달아오른 성욕이 자신의 육체에다 쏟아낸 그 끈덕진 점액질에 빠져서 허우적거렸다. 그것을 열정적인 사랑으로 받아들이게 된 것은 멍청한 얼뜨기였기 때문이 아니라 낭만적 사랑이라고 믿은 자기 기만의 허영심이었었다. 자신이 꿈꿨던 사랑은 허상이었고 덫이었다는 것을 이제야 깨달았다.

여자는 남편과의 부부관계를 피했다. 어쩌다 의지와 관계없이 남편을 받아들이고 난 후에는 남편의 헐떡거리던 거친 숨소리가 개의 헐떡거림처럼 느껴져서 욕지기가 났다. 성적 쾌감에 쉽게 빠져든 자신에 대한 모멸감이 일어나 며칠간은 자해의 충동 속에서 지내야만 했다. 그런 여자를 남편은 차츰 멀리했고, 여자 역시 남편과의 잠자리를 피했다. 두 사람 사이의 따뜻한 호르몬은 냉각되었고 한집에 사는 별거부부가 된 지 수년이 됐다. 남편은 여자가 먼저 이혼을 제기하기 바라고 있었다.

여자는 열렬한 연애 끝에 한 결혼이라는 화려한 수식어와 대기업 이사 부인이라는 그럴듯한 겉치레에 묶인 채로 알맹이 없이 살고 싶지 않았다. 여자의 내부에는 남편에 대한 무너진 신뢰감이 인간에 대한 신뢰감마저 무너뜨린 탓에 불신이라는 어두움이 자

리하고 있었다. 남자는 여자를 자주 만나면서 그 어두움을 직시
할 수 있었고 그래서 그 어두움을 일깨워 차츰 신뢰로 바꿔갔다.

여자는 남자를 만날수록 남자의 온화하고 깊은 인품에 마음이
평화로워졌고, 때때로 보이는 야성적인 남자다움에 이끌려 솔직
대담해 지는 자신에 놀랐다. 무의식 속에 잠재되었던 적극적인
자아가 진정한 사랑에 모습을 드러냈는지, 아니면 남편의 배신에
대한 보상심리로 변하게 된 것이지, 그것은 중요하지 않았다. 다
만 거짓 없는 육체와 정신의 교감으로 다시 여성으로서 거듭나서
행복해지고 싶었다.

여자는 수동적으로 키스를 받기보다는 적극적으로 타액을 빨
아들이며 키스하기를 좋아하는 여자가 되어 남자의 키스에 뜨거
워져 갔다. 남자는 여자를 숨이 막히도록 부둥켜 안으며 여자와
하나가 됐다. 영과 육의 합일이라는 것이 현실에서는 있을 수 없
어서 사람들이 생각해낸 이상적인 추상명사라고만 생각해왔던
여자는 남자에 의해 영육합일의 극렬한 극치감에 다달아 몸을 떨
었다.

경아와 너무나 똑같은 여자의 순수한 열정이 시간의 풍화작용
으로도 쉽게 없어지지 않는, 아직도 기억 저편에서 암각으로 박
혀있는 경아의 존재에서 남자를 풀려나게 했다. 이제야 남자는
과거 기억에 얽매여 있던 고리를 끊어 편안한 삶으로 거듭나고 싶
어져 여자에게 지난 날의 경아에 대한 모든 이야기를 고해하듯이
털어 놓았다.

남자가 경아를 만난 것은 이십대 후반, 십육 년 전 지방 소도시

인 C읍 남자고등학교 역사선생으로 재직중이었을 때였다.

남자는 서울 청계천의 규모는 작지만 오랜 전통이 있는 고서점에 대학생 때부터 단골로 출입하면서 희귀본의 역사 고서적이나 최근호가 아닌 지난호의 내셔널 지오그라픽을 비교적 저가로 살 수 있었다. 지방 학교에 온 후에도 좋은 책이 들어오면 고서점의 주인은 남자에게 전화를 해서 구입할 의사가 있다면 소포로 보내왔고, 남자는 책값을 우표환으로 보내기 위해 우체국에 자주 드나들었다.

어느 날, 우체국 창구에 지금까지 보이지 않던 여직원이 앉아 있었다. 하얗고 갸름한 얼굴이, 작은 읍 우체국 공간에 갇혀있기에는 아까울 정도로 고혹적인 미모가 돋보였다. 창구를 향해 오는 남자를 바라보는 그녀의 큰 눈은 검다 못해 푸르고 깊어 서늘해 보였다. 두 사람의 눈이 마주쳤다. 시선과 시선이 잠시 엉켜들어 떨어지지 않았다. 순간 세상이 돌기를 멈춘 듯 느껴졌다. 남자의 다리에 힘이 빠지면서 뜨거운 열기가 가슴에서 얼굴에까지 달아올랐다. 그녀 역시 알지 못할 어떤 힘의 주술에 걸려든 듯 이성의 통제를 벗어날 것만 같았다. 두 사람의 에너지는 시공을 뛰어넘어 연결되었다.

그 후부터 남자는 그녀를 보기 위해 일거리를 만들어서 우체국에 자주 드나들었고 남자가 올 때마다 그녀는 더 깊어진 눈길로 맞았다. 첫눈에 반한 상대를 찾았다는 것은 마음 설레는 인생의 도전이었다. 용기를 내어 경아에게 만나자고 했다.

첫만남에서 스물세 살의 경아는 야생초 줄기처럼 풋풋하게 자신의 프로필을 또박또박 쏟아냈다. 여고를 졸업하던 해에 어머니가 돌아가셨고 중상위의 학교 성적을 가진 자기를 선생님이 우체국 직원으로 취직시켰다는 것, 아버지는 일찍 돌아가셔서 얼굴도 기억 못 한다는 것. 그리고 나서 살짝 웃으면서 말했다.

"선생님을 처음 봤을 때 낯설지 않고 친근감이 갔어요. 아니 솔직히 고백할 게요. 정신이 붕 뜨는 것 같았어요. 전 남자 친구들과도 사귀어 봤지만 그런 기분은 한 번도 못 느꼈는데 선생님한테 처음 느꼈어요."

그녀의 출신과 집안 내력, 고졸이란 학벌은 이미 무의미한 조건이었고, 실재하는 여자 박경아는 그의 무의식 세계에 심어져 있던 환상의 파트너로서 족했다.

두 사람은 주위 사람들의 눈길을 피해서 일요일이면 C읍 근교로 나가 산길을 돌았다. 어느 날, 저녁노을 붉은 빛이 사위에 젖어들때 남자는 산도라지 꽃으로 꽃다발을 만들어 경아에게 안겨 주며 좋아한다고 말했다. 경아는 좋아한다는 마음이 무위로 끝난다 하더라도 그 순간만은 행복해서 가슴이 터질 듯 벅차올랐다. 블라우스 위로 돌출된 젖가슴의 요동이 보이는 듯했다. 남자는 경아를 가슴에 꼭 끌어안으며 넌, 너무 예뻐, 먼지 하나 묻지 않은 아침에 핀 꽃처럼… 말하고는 입술에, 눈에, 이마에, 뺨에, 목에 입맞춤을 퍼부었다.

경아는 어머니가 돌아가신 뒤 경영하던 한정식점을 폐점하고 안채에서 혼자 살고 있었다. 남자를 집에 들어오게 해서 매일같이 만났다. 매일 밤 두 사람은 섹스에 몰입했다. 밤에 배출된 정액이 채 마르기도 전에 먼동이 터오면 두 사람은 또 폭발했다. 등골의 꼭대기에서부터 아래에 이르기까지 육체 곳곳에서 터져나오는 뜨거운 분출이었다. 섹스 후에 몰려오는 한순간의 허전함도 없이 남자의 입술과 손길은 보물을 어루만지듯 조심스럽고 부드럽게 경아의 온몸 구석구석을 더듬으며 사랑한다고 말했다.

경아는 남자의 사랑한다는 말에 지금까지 살아온 자신의 인생을 모두 내놓아도 모자랄 만큼 남자의 존재가 빛나고 커 보였다. 마술에 걸린 듯 꿈과 현실의 경계를 오고가며 남자의 숨결, 맥박, 땀방울, 미세한 떨림까지도 기억 저장고에 차곡차곡 쌓았다. 자신의 현실적인 여건 차이로 결혼까지 생각지 않았고 남자의 순수한 열정, 사랑 그 자체만으로도 흡족했다. 육체관계라는 올가미로 남자에게 결혼을 강요하는 영악한 여자로 보여지는 것이 싫었다. 비록 결혼을 할 수 없어도 사랑하고 사랑 받으면 그것만으로 행복했다.

서울에 있는 남자의 집에 C읍에 살고 있는 근본이 천한 우체국 여직원에게 아들이 폭 빠져 있다는 소문이 들어갔다. 기생 출신의 딸로 고졸 학력에 이제는 그 모친마저도 죽어버려 피붙이 하나 없는 외톨이라는 것에 남자의 어머니는 황당했고 화가 났다. 공부밖에 모르던 순진한 아들이었는데, 아들을 홀리게 만든 계집애를 혼내주고 더 정들기 전에 헤어지게 해야 했다. 다급해졌다.

뼈대 있는 김씨 집안의 하나밖에 없는 아들이 가문에 먹칠을 하는 것을 가만히 보고만 있을 수 없었다.

서둘러서 C읍에 내려와 아들과 경아를 만났다. 경아는 겁 먹으며 남자의 어머니 앞에 나타났다. 남자의 어머니는 경아를 요사한 요물이라도 대하는 것처럼 보자마자 엄하게 다그쳤다.

"우리 아들은 명문대를 나와서 지금은 임시로 고등학교 선생을 하고 있지만 머지않아 미국으로 박사학위 받으러 갈 명문 집안의 외동아들이다. 감히 천한 것이 반반한 얼굴로 순진한 우리 아들을 홀리다니, 언감생심이다."

경아는 경멸감을 참을 수 없어 숙였던 고개를 들고 남자의 어머니를 쳐다봤다. 자신을 천한 인간으로 취급하는 눈빛이 시리고 아파서 다시 눈길을 아래로 내리깔았다. 뚱뚱한 오십대 중반의 부인의 눈 속에는 퍼런 서릿발이 서있어 경아를 얼어붙게 했다.

"헤어지거라. 다시는 우리 아들을 만나지 말거라. 분수를 알아야지. 염치도 없는 것 같으리라구. 기생 에미한테 배운 것이 남자 홀리는 기술이었느냐."

경아는 속에서 치밀어 오르는 분기를 눌러 참았다.

"어머니, 그만 하세요. 제가 헤어질 수 없습니다. 유학 못가면 못갔지… 제가 선택한 길입니다."

남자가 듣다 못해 어머니를 제지했다.

남자의 어머니는 분노로 얼굴이 뻘겋게 달아올랐다.

"집안 망신시키겠단 말이지? 너 하나만 하늘같이 믿으며 공들여 키운 어미한데 어떻게 그럴 수가… 불효막심한 자식 같으니."

남자는 무릎 꿇고 어머니에게 사정하며 애원했다.

"어머니, 전 이 여자와 결혼해야 합니다. 죽으면 죽었지 헤어질 수 없어요."

남자의 어머니는 아들의 말을 못들은 척하며,

"너, 우리 아들을 진심으로 사랑하고 아낀다면 앞날을 망치러 들지 말고 다시는 앞에 나타나지 말거라."

경아에게 반 위협, 반 사정조로 말했다. 그리고 아들을 보며 비장한 목소리로 어머니를 택하든지, 여자를 택하든지 둘 중 하나를 선택하라라며 판사가 선고를 내리듯하고 서울로 올라갔다.

경아는 집에 와서 두 다리를 뻗고 소리 내어 울었다. 밤마다 창을 토해내서 한을 풀던 어머니의 일생이 생생하게 되살아나 가슴이 찢어지도록 아팠다. 그 아픔의 내성은 남자의 사랑만 있으면 행복하게 살 수 있다는 자신의 생각이 신기루였고 환상이라는 자각을 일깨워줬다.

남자는 변함없이 매일 경아 집에 들러 경아의 마음을 위무하며 다독거렸고, 주말이면 서울에 올라가 어머니를 설득했다. 경아는 어머니와 자기 사이에서 나날이 초췌해가는 남자의 모습이 가슴 저미도록 아팠다. 남자 어머니의 말대로 진심으로 사랑한다면 떠나야 하지 않을까도 생각했다. 그러나 어머니의 대를 이어 숨겨진 여자로 살 수 없다는 각성이 현실감을 갖게 해줬다. 남자와 당당히 결혼하고 싶었다. 결혼을 하고 말리라.

경아가 여고를 졸업하던 해. 그녀의 어머니는 죽음을 예감했던지 밤마다 부르던 창은 부르지 않고 경아에게 술 한잔 하자며 평소와 다른 모습을 보였다.

"이 에미가 죽기 전 꼭 너한테 말해주고 싶은 것이 있는기라. 개, 돼지 짐승이면 모르지만 사람이 지 뿌리를 모르면 안 되는기라. 내사 니 생부에 대해 진짜루 말해줄끼마."

경아가 알고 있는 생부에 관한 것은 이북에서 내려온 월남민으로 자기를 유복자로 남긴 채 일찍 죽어 외삼촌 호적에 올려 어머니 성을 따를 수밖에 없었다는 것이 전부였다.

경아 어머니는 서울에 있는 유명한 요정의 기생이었다. 고위 공직에 있는 유부남을 사랑하게 됐다. 임신이 되자 유부남은 비방을 써서라도 낙태시키고 낳지 말라고 했지만, 경아 어머니는 말을 듣지 않고 경아를 낳았다. 당시 공직자들의 축첩이나 여자관계 등이 사정의 대상이었기 때문에 유부남은 화를 냈고, 모녀와의 인연을 끊을 수밖에 없다며 위로금을 줬다. 경아의 어머니는 그를 잡지 않고 자유롭게 해줬다. 그 후 오랜 세월 동안 한 번도 찾아오지 않았고 핏줄도 찾지 않았다. 그는 말대로 인연을 확실하게 끊었지만 경아의 어머니는 수십 년간 정한을 버리지 못하고 기다렸다. 숨이 막혀 죽을 것 같아 숨을 쉬기 위해 밤마다 창을 뽑는다고 했다. 어머니의 창 소리는 예리한 돌촉이 되어 어린 경아의 감성에 상처를 내서 피를 흘리게 했다.

경아의 어머니는 친정 오빠가 살고 있는 C읍에 내려와 유부남이 준 돈으로 한정식점을 냈다.

"니 핏줄은 막되먹은 천한 집안의 씨가 아니란 것, 그것만 알면 되는기라. 그래도 이름은 알아야제. 김장수라. 그런데 삼 년 전에 돌아갔는기라. 신문에 난 걸 보고 알았는데 다행히 사진 한 장 내사 간직키고 있구마. 그기 나와 헤어지면서 두 번 다시 만나지 않겠다는 약속으로 같이 박은 사진이데이. 네게 생부의 얼굴을 면대해줘야 죄 많은 이 에미가 죽더라도 네게 진 빚을 조금치라도 갚을끼라."

경아 어머니는 보물단지를 찾듯 장롱 깊숙이 감춰 놓은 고쟁이 속에서 한지에 곱게 싼 사진을 꺼내서 그녀에게 넘겼다. 경아는 어렸을 때 삼각주 유리통 속의 잘게 잘린 색종이들이 흔들 때 마

다 달라지는 형형색색 모양을 신기하게 들여다보듯 사진을 들여
다봤다. 마치 현재의 경아가 사진 속으로 들어 간 듯싶게 똑 같이
생긴 어머니 옆에는 이마가 반듯하고 콧대가 선 냉철해 보이면서
도 품위 있고 깨끗한 젊은 남자가 굳은 얼굴로 앉아있었다.

경아는 아버지라는 현실감이 들지 않았다. 그러나 자기들을 버
렸다는 생각이 뒤미처 떠오르고 그리움의 한을 밤마다 토해내야
숨을 쉴 수 있었던 어머니의 아픔이 생각나자 아버지라는 실체감
이 느껴져 서러움과 원망이 흔들고 지나갔다. 사진을 뒤집어 뒷
면을 봤다. 1963년 9월 16일, 그녀가 태어난 날에서 한 달이 지
난 날짜가 기록된 숫자는 정확한 시간 속의 현실감으로 다가왔
다.

"내사 니가 아부질 닮길 바랬는데 어쩌면 나를 빼닮았는지. 도
화살을 끼고 태어난 내 팔자만은 닮지 말아야 할 텐데. 내사 그기
불안타. 남자를 조심커라. 명심 또 명심하거래이."

어머니는 그 말을 유언으로 남기고 다음날 심장마비로 돌아가
셨다.

경아는 어머니가 유언으로 던져준 뼈대 있는 혈통에 대해 별 의
미를 갖지 않았고, 박씨이든 김씨이든간에 자신은 박씨인 어머니
의 딸인 것만 분명하면 된다고 생각했다.

그동안 남자는 어머니로부터 경아와의 결혼 승낙을 침묵으로
받아냈다. 아들의 망가져가는 모습과 경아가 임신 6개월이라는
사실, 시간이 지날수록 경아를 향해 더 뜨겁게 달아오르는 아들
의 사랑을 어떤 방법으로도 냉각시킬 자신이 없어졌기 때문이었

다.

시간의 치유력은 아들이 아닌 어머니에게서 효험이 났다. 둘의 관계를 이해하며 축복은 못하더라도 방해 없이 결혼식을 올리도록 해주었다.

4개월 후 경아는 건강한 사내아이를 낳았다. 가족이라는 울타리를 갖게 되어 이제 개인이라는 관점에서 벗어나 남편과 아들에게 자신의 혈통을 제대로 알려줘야 할 것 같았다. 기억 밖으로 밀어놨던 아버지의 사진이 생각났다. 아버지의 사진은 자신을 이 세상에 태어나게 한 혈통의 증거물로써 오직 그 사진 한 장만이 있다는 것, 그래서 잊어서는 안 되는 그녀만의 족보로 생각했다.

한 달된 아들을 잠재우고 난 경아는 장롱 서랍을 열어 이젠 어머니의 속고쟁이가 아닌 그녀의 옷 속에 넣어뒀던 사진을 꺼내 들고 남자 앞에 앉았다. 내 핏줄도 알고 보면 근본이 있는 핏줄이에요. 어머니에게서 들었던 생부에 관한 말을 했다. 그리고 사진을 싼 한지를 벗겨내고 남자에게 내밀었다.

사진을 받아서 무심히 바라보던 남자의 동공이 놀라움으로 커지더니 움직이지 않았다. 얼굴색이 석고처럼 하얗게 굳어졌다.

"어쩜! 당신 얼굴과 비슷해요. 그래서 처음 봤을 때부터 낯설지 않았나 봐요."

경아의 말이 아득히 들려왔다.

"성함은?"

"김, 장자 수자예요."

남자는 목울음 같은 신음소리를 냈다. 아니 이럴 수가 없어. 안 돼.

"왜 그래요?"

경아는 남자의 일그러진 얼굴을 보고 놀라 물었다. 경아와 내가 남매라니, 혼자 좀 생각하자. 놀라서 자신을 바라보는 경아를 집에 두고 밖으로 뛰쳐나왔다.

남자의 다리가 술 취한 사람처럼 헛발질을 해댔다. 앞으로 어떻게 전개될지 모를 불안, 당혹감이 방향 없는 발걸음을 내딛게 했다. 목적 없이 걷고 또 걸었다. 발걸음에 중량감마저 사라져 무중력 상태로 몸이 떠있는 것 같았고 어질어질했다. 빨간 신호등이 눈 속에서 부서져 산산조각이 났고 차량들이 하얀 안개처럼 밀려왔다. 자동차들의 클랙슨 소리도 들리지 않았다. 순간 육중한 물체에 부딪혀 쓰러졌다. 머릿속이 하얗게 비워지면서 의식을 잃었다.

남자는 백만 년 전으로 돌아갔다.

그곳에는 집도 가족도 부락도 없었다. 이리저리 방랑하며 힘이 센 남자가 여러 여자들을 거느리고 마음대로 섹스를 해서 여기저기 씨를 뿌리고 다녔다. 아이를 낳아도 그 아이의 아버지가 누구인지 알 필요도 없고 알려고도 하지 않는 모계 중심의 시대에서 같은 형제, 친척 간에 스스럼없이 섹스를 했다. 남자는 여자가 옆에 있는데도 또 다른 여자, 여동생을 쫓아 산야를 달려 절벽 위까지 올라갔다. 여자를 끌어안자마자 절벽이 무너졌고, 남자는 떨어지며 놀라 소리쳤다. 자신이 내지른 비명에 놀라 눈을 떠 보니 병원이었다. 남자의 의식은 아직도 백만 년 전에 머물고 있어 눈물을 머금고 자기를 바라보는 경아를 뒤쫓았던 여자로 착각했다. 시간이 좀 지나자 남자의 의식이 돌아와 자신이 부상을 당해 병원에 입원했다는 현실감을 찾았다. 경아가 여동생이라는 사실이 부상 당한 육체의 고통보다 더 아프게 마음을 쑤셨다.

남자가 빨간 신호등을 무시하고 길 가운데로 걸어갈 때 마침 속력을 내어 달려오던 오토바이에 부딪혀 늑골 한 대가 부러지고 머리에 충격을 입어 잠시 정신이 나갔지만 다행히 머리에는 이상이 없었다.

남자의 어머니는 경아가 갓난애를 데리고 병원에 입원 중인 남편 뒷바라지 하기가 힘들 것 같다며 가정부가 있는데도 유모를 두기로 하고 서울 집으로 데리고 갔다. 속내는 가정교육을 제대로 못 받은 경아 손에 맡기기보다는 자신의 손으로 귀한 손자를 키우고 싶기 때문이었다.

남자는 경아가 여동생이란 사실을 안 후부터는 될 수 있는 한 신체적 접촉을 피하려 했다. 집으로 퇴원한 날 경아는 귀가기념이라며 남자에게 키스를 하려했지만 남자는 피했다. 그녀의 서운해 하는 눈길을 모른척하며 괴로운 듯 돌아누웠다.

무엇이 남편을 돌변하게 만들었을까. 그전 같지 않은 남편의 태도에 의구심은 더욱 깊어졌다. 경아는 남편이 생부의 사진을 보고 이해할 수 없는 태도로 집을 뛰쳐나갔던 시점에서부터 기억의 비디오에 전원을 넣고 천천히 돌렸다. 다시 백업해서 돌렸다. 영상이 떠올랐다. 생부의 사진을 봤을 때 하얗게 질려 석고처럼 굳어진 얼굴, 신음소리, 허둥대며 집을 나가던 모습 등이 눈앞에 선명하게 전개됐다.

생부의 사진 속에 뭔가 단서가 있다는 확신을 가지고 장롱 속에서 다시 사진을 꺼내 떨리는 심정으로 사진을 찬찬히 들여다봤다. 신기하게도 남편과 닮은 얼굴, 뒤미처 시아버지 제사상에 놓였던, 무심히 바라보던 영정이 말간 유리알처럼 선명하게 되살아났다. 생부의 사진 속 얼굴 모습뿐만 아니라 양복, 머리 스타일이 꼭 닮았다. 세상에 이럴 수가, 온몸에 소름이 파랗게 솟아올라 몸 곳곳이 시려 한기가 돌았다.

"우리 얘기 좀 해요. 내 생부와 아버님의 사진 얼굴이 왜 같아요? 혹시 쌍둥이셨나요?"

남자는 침대에서 일어났다. 두 사람 앞에 불길한 모습으로 도사리고 있는 허방에 빠지지 않고 어떻게 건너가야 할지, 그보다도 나이보다 더 성숙한 속 깊은 모습을 보이다가도 십대의 소녀처럼 파닥거리는 순진무구한 경아가 받아야 할 충격을 덜 받게 해주고 싶은 연민이 남자를 아프게 했다.

남자는 경아의 손을 꼬옥 잡았다.

"놀라지 말아요. 나의 아버지가 경아의 생부요."

그럼… 우린 남매라는 말을 남자와 경아는 금기된 저주처럼 차마 입에 올리지 못했다. 경아는 간신히 이름이 다르잖아요, 이름이…. 이름이 다르다는 사실을 고대인들처럼 신탁으로 받아들이려고 했다. 그 신탁은 잘못되었다.

"아버지는 외독자라 오래 사시라고 집안 내에서 불러온 아명이 장자 수자요. 호적에는 덕자 진자요."

경아는 어린아이처럼 울기 시작했다. 우린 어떻게 되는 거예요? 울음 중간 중간에 절망감을 토해내며 또 울었다.

남편과 사랑의 환희에 떨던 지난 날이 꿈처럼 느껴졌고, 뜨거운 몸짓, 다정한 눈빛, 밀어 등의 의미가 새삼스럽게 온몸에 감겨들었다. 사랑의 묘약에 취한 주인공이 되어 남편과 보낸 세월은 찬란한 꽃들의 향기처럼 경아를 취하게 했다. 이제는 그러한 날이 다시는 있을 수 없다는 것도, 남편이 자기에게, 자기가 남편에게 여보, 당신이란 감빛 도는 화사한 호칭도 더 이상 부를 수 없는 인칭대명사일 뿐이라는 것들에 경아는 잘 먹던 밥도 먹지 못 하고 말도 웃음도 잃어갔다.

시간이 지나자 또 다른 고통이 뒤따랐다. 자책감이었다. 낭만적이고 열정적인 사랑뿐만 아니라 따뜻한 인품으로 책임감을 가지고 점잖게 다가오는 남자를 자신의 집으로 끌어들여, 이미 관능의 체험으로 자극적인 성적 상상을 확대해서 뜨거워진 성적 에너지로, 남자를 매일 섹스의 늪에 빠져 헤어날 수 없게 했던 일이었다. 결국 결혼을 하게끔 만든 것이 지금에 와서는 자책의 고통이 될 줄 몰랐다.

여고 2학년 때 어느 날, 서울에서 온 대학생에게 끌렸다는 것보다는 호기심 하나로 저항 없이 첫 키스를 하였다. 짜릿한 성적 흥분을 오감 전체로 느꼈고, 그 후 대학생과 첫번째 육체의 접촉을 가진 이후 두 번의 관계 끝에 관능의 기쁨을 알게 됐다. 그것이 사랑인지 아니면 팽창된 여성성이 분출한 즉흥적인 낭만이지 그 구분성이 모호했다. 대학생은 서울로 올라간 후 소식이 없었다. 그 대학생과의 관계는, 기생 딸이라는 출신성분 때문에 주위 사람들의 말 하나 눈짓에도 죄인처럼 오므리고 살아온 저항이 무의식 속에 잠재되어 있다가 일순간 돌출된 행위였을 뿐, 결코 사랑이 아니었다.

시간이 지날수록 경아의 뼈아픈 자책감은 깊어갔다. 두 사람이

부부관계로 맺어졌던 것은 분수에 넘치는 욕심이 빚은 자신의 탓
이라는 통렬한 뉘우침이 왔다. 두 사람에게 묶여 있는 비극의 매
듭을 풀어야 할 사람은 바로 자신이라는 해답을 얻었다. 진심으
로 남자를 사랑한다면 그의 곁을 떠나라고 했던 시어머니의 말이
예시처럼 귀 안에서 맴돌았다.

피할 수 없는 죽음으로 한 줌의 흙이 되어 이 세상에 흔적 없이
사라지는 아픔의 고통이 있다 하더라도 시간이 다독거려 잠재워
주리란 걸, 이별을 좀 앞당기는 것뿐이라 생각하니 갈등과 번민
이 가라앉았다. 더 이상 주저하지 말고 행동으로 옮기라고 스스
로 자신을 다그쳤다.

경아는 남편 모르게 이혼서류를 구했다. 흰 종이 위에 인쇄된
이혼의 검은 글자는 서명 날인을 재촉했다. 산 동물을 죽이는 도
살장 백정들의 무정함보다도 더 절절한 비정(非情)의 펜으로 서
명 날인을 서둘러 한 다음 자신이 떠날 수밖에 없는 심정을 간단
히 쓴 편지를 남겼다. 이제부터는 희로애락의 알을 김씨 집안에
묻어두고 벗겨진 곤충의 허물처럼 이 세상을 살아가리라 결심하
며 집을 나섰다.

경아가 집을 나가자 남자는 경아가 부딪쳐야 했던 깊은 자책의
고통을 공유하지 못했던 회한으로 하루 사이에 얼굴이 반쪽으로
수척해졌다. 경아가 사라져 보이지 않자 그의 도덕성은 냉철함
대신 남매부부면 어떤가, 라는 직정(直情)에 휩쓸렸다. 남녀 간 역
사의 유전적 인자가 우뇌 속에 저장되어 내려오는 후예들이 아닌
가.

남자는 학교에 사표를 내고 서울 집으로 들어온 후 경아를 찾아

다녔다. 헤어지더라도 살 곳을 직접 자신의 손으로 마련해주고 먼 곳에서나마 지켜주고 보호해줘야 했다. 착하고 때로는 순진무구한 경아가 온전치 못한 출생의 열등감, 비극적 사랑으로 자포자기한 인생을 살게 할 수는 없었다. 일 년여를 찾아 다녔고, 또 1년, 2년의 세월이 흘렀다.

아들은 이제 세 살이 되었고 할머니의 극진한 사랑 속에서 잘 자랐다. 거 봐라, 내가 처음 네 결혼을 반대했던 것은 다 근본을 믿을 수 없어서였다. 결국 다친 남편을 버리고 바람나서 도망가지 않았니? 화냥끼 있는 여자를 찾아서 뭘 어쩌겠다는 거냐? 남자의 어머니는 아들이 못마땅해 빨리 잊어버리고 새장가를 가든지 유학을 가든지 하라고 다그치며 화를 냈다.

경아는 남편을 잊기 위해선 거리의 길이도 한몫 하리란 계산으로 남쪽 끝 바닷가 도시에 정착했다.

학벌 없고 전문성이 없어도 아직 나이에 비해 젊고 아름다운 경아는 쉽게 유흥업소에 취업이 됐다. 해맑은 처녀처럼 풋풋해 보이는 경아의 자태에 술꾼들이 모여 들었다.

홀 안에 술기가 넘치고 경아도 술에 취하면 남편과 아들이 보고 싶어 미칠 것 같았다. 시간도 그녀의 그리움을 잠재우기에는 아직 힘이 약했다. 앞뒤 생각 없이 막차를 타고 새벽 4시에 서울에 도착하면 터미널 근처 밤새 하는 대중사우나탕에 들어가 6시까지 있다가 7시쯤 집 근처 모퉁이에 숨어서 남편이 나오는 것을 잠깐이나마 바라보곤 했다. 몇 초, 몇 분의 그 짧은 순간이, 곤충의 허물처럼 아무것도 담지 않고 살려던 노력을 팽개치고 남편에게 달려가 그의 따뜻한 가슴 안에서 마음 놓고 울고 싶은 충동은 길었다.

처음에는 C읍에 가서 자신과 살던 집 근처에 숨어 학교에 출근하는 남편을 보려고 했지만, 오전 10시가 넘어서도 보이지 않아 어쩔 수 없이 학교에 전화를 했다. 학교에 사표를 내고 서울로 올라갔다는 것을 알았다. 그 후부터 서울에 올라와서 애끊는 마음으로 숨어서 남편을 바라보며 시간이 지나면 남편은 나를 기억에서 없애려들겠지, 하는 자조로 바람처럼 흔적 없이 머물다 내려오곤 했다.

경아는 모든 추억도, 아들도 남편도 잊으려고 술을 많이, 그 양이 점점 불어나게 마셨다. 취하면 자신의 열정적인 관능이 비극을 가져왔다는 죄의식 때문에 피붙이만 아니면 누구라도 좋다는 상반된 육체적 욕망이 일어났다. 그 순간이 지나고 술이 깨어 제정신이 들면 자신에 대한 혐오와 모멸감의 자학으로 또 술을 마시고 취하면 그리고 또…. 계속 그러한 나날이 겹치면서 경아의 영혼은 메마른 논바닥처럼 갈라져 잠 못 이루는 밤이 이어졌다.

경아는 밥도 먹지 않고 잠도 자지 않고 멍청하게 말없이 앉아 있는 시간이 많아졌다. 경아의 의식 안에 하얀 공간이 펼쳐지고 모든 사물의 형태가 허물어져 사람의 형체도, 목소리도 보이지 않고 들리지 않았다. 단란주점 여사장은 이상해진 경아에게 어디 아프냐고 물었지만 초점 없는 눈길을 보낸 채 말 없이 움직이지 않고 앉아있기만 했다.

경아는 미쳐가고 있었다. 경아의 감정성 가운데 부분적 분열이 일어났고, 생활과 사람들과의 접촉을 상실해서 혼미상태에 빠져 그 누구도 알아보지 못했다.

여사장은 경아의 주민등록증을 보고 추적하여 남자와 연락이 됐다. 남자는 즉시 달려왔다. 비현실감에서 자신을 알아보지 못하는 경아를 붙들고 목울음을 터뜨렸다. 경아는 무한히 넓어진 공간 속, 눈부신 빛 속에서 울고 있는 남편의 치아가 하얗게 반들거리는 것이 무서워 남편에게서 벗어나 도망치려고 했다. 경아의 하얗고 매끄럽던 피부는 종이처럼 건조하게 바삭거렸고 맑고 서늘하던 깊고 큰 눈은 동굴처럼 황량해져 타인처럼 변해 있었다. 남자는 가슴이 찢어지는 통증으로 목울음마저 울 수가 없었다.

대학병원의 신경외과 과장으로 있는 선배의 도움을 받아 정신병동에 입원시켰다. 전기충격 요법과 항정신성 약물을 함께 병용하며 경아의 의식 속에 내재된 죄의식을 끌어내 대화를 통한 심리 치료도 했다. 3개월 간의 치료기간이 지나자 차츰 상호관계를 확립하게 되었고, 외부세계의 내재해 있는 인상을 잘 분별할 수 있게 되었다. 경아는 남편을 알아보기 시작했고, 물속에서만 살아 움직이는 수초처럼 남편의 존재는 경아에게 절대적이 되었다.

퇴원해서 외래 치료를 받을 수 있게 되자, 남자는 20평의 작은 아파트를 구입해 경아가 들어가서 살게 해줬다.

남자는 자기를 바라보는 경아의 그 깊은 눈길에 때때로 무저항적으로 끌려 들어가 동생이 아닌 여자, 아내로 안고 싶은 열망이 간간히 덮쳤다. 남매란 관계를 꽁꽁 묶어서 두 사람이 기억할 수 없는 망각의 강에 던져버리고 옛날처럼 사랑하며 살고 싶은 격정에 몸이 탔다. 그러나 경아를 동생으로서 보호해줘야 한다는 이

성과 아내로 받아들여서는 안된다는 도덕성이 그를 곧추세우게
했다.

　경아는 남편이 자기의 여성성에 빠지고 싶어하는 뜨거운 에너
지와 그 에너지를 제어하려는 차가운 에너지가 무서운 힘으로 충
돌하는 소리를 들을 수 있었다. 그 때마다 남편은 큰 목소리로 다
짐하듯 말했다. 좋은 사람을 만나 새로운 인생을 살아야 해요. 수
없이 듣는 그 말 속에 자신의 존재로 인해 아직도 완전히 잠재우
지 못한 욕망이 그의 의지 밑에 숨어있다 어느 순간 뛰쳐나와 남
편을 괴롭히고 있다는 것을 알았다. 그뿐만 아니라 매일 한두 번
씩 전화하고 일주일에 한 번 생필품을 사 가지고 잠깐씩 집에 들
렀을 때 신도 벗지 않고 현관에서 건네주고는, 자신의 건강상태
를 체크하고 차라도 한잔 하고 가라는 말도 사양한 채 곧 돌아서
가는 남편의 처진 뒷모습에서 아직도 충돌의 기류가 혼란한 상태
로 남아있는 것을 봤다.

　경아는 남편이 오빠가 되고 자식이 조카가 되는 것을 받아들일
수 없어 차라리 타인으로 살려고 했지만 그 삶은 이미 실패로 끝
났다. 오히려 남편에게 혼란한 고통을 더 주게 됐고, 쓸모없는 골
칫덩어리의 여자가 됐다는 현실, 그것은 자신의 삶이 될 수 없었
고, 견딜 수 없는 또 다른 고통이 되었다. 그 고통에서 벗어나는
길은 죽음밖에 없었다. 그것만이 남편을 자신으로부터 놓아주어
자유스럽고 홀가분하게 살아갈 수 있게 하는 길이란 생각이 굳어
지자, 죽음이 공포가 아니고 쓸모 있는 제 2 의 존재가 된다는 위
안이 됐다.

　죽기 전에 직접 아들을 만나 손이라도 만져보고 싶었다. 병원에

입원했을 당시 의사의 처방으로 아들의 사진첩을 통해 자라나는 모습을 본 적은 있었다.

남자가 집에 들렀을 때였다.

"재훈이를 한 번만이라도 만나 손이라도 잡고 싶어요."

남자는 잠시 생각에 잠겼다가 안 된다고 했다. 한 번만이 두 번이 되고 두 번이 세 번, 그렇게 열 번 이상이 되었을 때 다섯 살이 된 아들의 기억에 남는 상처를 아들이 커서 떠안을 수밖에 없는데 그래도 좋으냐고 물었다. 경아는 자신의 욕심이 아들에게 아픈 기억이 되게 해서는 안 된다며 무심해진 표정으로 남편을 바라보고 아무렇지도 않은 듯 웃어보였다.

남자는 괴롭고 아픈 마음을 드러내지 않으려고 웃고 있는 경아를 서러운 시선으로 바라봤다.

"난 이제 쓸모 있는 제 2의 존재가 되고 싶어요. 그 생각만 해도 기쁘고 행복해요."

밝게 환하게 웃는 경아를 보며 남자는 안심했다. 새로운 인생으로 살겠다는 뜻으로 받아들였다.

그 말은 경아가 이 세상에서 남자에게 남긴 마지막 말이 되었다.

남자가 고해하듯 들려준 지난 날의 이야기를 끝까지 다 듣고 난 여자는, 남자 앞에 놓인 유리컵에 차고 투명한 냉수를 따라서 마시게 했다. 그리고 핸드백에서 손수건을 꺼내 송글송글하게 땀이 난 남자의 이마를 부드럽게 닦아주었다.

여자는 이제 자기가 살아 있는 제2의 존재가 되어서 남자가 비

밀의 문을 열어 숨기고 있던 모든 것을 보여준 대상이 되었고, 그
녀 역시 감춰진 모든 것을 다 고해할 수 있는 대상이 이 남자라고
생각했다. 그녀는 지난 날의 상처, 억눌린 분노로부터 풀려남을
느꼈다.
　두 사람은 맥주잔에 거품이 가득 넘치게 따른 후 서로의 눈을
들여다보며 시원하게 마셨다. 그리고 홀에 들어가 손을 잡고 몸
을 밀착시키며 춤을 췄다.

천도제

역사에, 인간사에 진실은 과연 있는지, 진실
은 없고 오로지 사실만이 있지 않나 싶습니다.
　사실을 두고 누가 멋이 진실인지 거짓인지,
역사조차도 시대 상황에 따라 사실과 진실이
바뀌지 않습니까? 그러니 누가 누구를 가해자
라고 말할 수 있으며, 또 누가 피해자라 할 수
있겠습니까?
　우린 같은 시대에 태어난 똑같은 역사의 피
해자들입니다.

천도제

토요일 남부고속버스터미널, 많은 사람들의 발걸음들이 바쁘게 움직이고 있다. 대합실 중앙에 걸려 있는 시계 숫자판의 긴 침은 그런 것들과는 무관계의 속도로 변함없이 돌고 있다.

대합실 한편에 걸려 있는 TV 화면에서 정치인 두 사람이 국가보안법 존폐를 놓고 토론을 하고 있다. 많은 사람들이 차 시간을 기다리는 무료함을 대합실 의자에 앉아서 TV 시청으로 메우고 있다. 나 역시 어머니와 같이 다른 사람들처럼 오전 10시에 출발하는 함양행 버스를 기다리는 30여 분간의 시간에 TV를 보고 있다.

두 정치인의 토론의 열기가 점차 높아진 목소리에서 묻어났다. 상대의 말발에 밀려서는 안된다는 조급함이 쉴새없이 상체를 움직이게 했고 손짓과 팔짓이 잦아졌다. 그래도 얼굴에서는 너그러운 웃음을 만들며 반대 의견을 열심히 들어주고 있다. 두 사람 똑

같이 말 도중에 끊고 들어가고 싶은 성급함을 참느라고 탁상 위에
얹힌 손에 힘을 모아 쥐었다 폈다를 반복하고 있다. 상대의 말을
존중해주는 척이라도 해야 돼. 상생의 정치를 해야 하거든. 인내
심, 인내심. 그것도 잠깐, 시간이 지나면서 목소리의 톤이 불규칙
하게 높아지고 너그럽게 꾸몄던 얼굴 조합이 뭉그러졌다. 상대의
반론을 끝까지 듣지 않고 가차없이 자르고 끼어들었다. 굵고 짧
은 목, 속에서 지렁이가 살아 움직이는 듯 푸른 힘줄이 피부 밖에
서 꿈틀댔다. 두 사람의 입이 똑같이 붉은 찰고무 탄력으로 늘어
나 장방형으로 커졌다. 한 사람의 입은 우측으로 또 다른 사람의
입은 좌측으로 점점 비뚤어져 양옆으로 각각 돌아갔다.

　"이 법은 간첩을 잡기 위해 만들어졌지만 반체제 인사들을 잡아
들이는 데 악—용—되 어 폐지—되—어야…."

　좌측으로 비뚤어진 입에서 음절이 불분명해져 난해하게 들렸
다.

　"국가보안법이 폐지되면 북쪽의 사상적 침투를 막을 수가 없어
국가 안위를 위 —해 폐 — 지 — 해서는 —안-된…."

　우측으로 비뚤어진 입에서도 말의 음절이 굴곡되어 나왔다. 두
사람의 크고 높아진 불협화음의 목소리가 어느 순간 좌우로 돌아
간 두 입에서 더 이상 나오지 않았다.

　아나운서가 당황한 얼굴로 말했다.

　"돌발 상황입니다. 두 정치인의 입이 좌측, 우측으로 싹 돌아갔
습니다. 말을 할 수 없게 되었습니다. 말이 나오지 않고 있습니
다."

　방청석에 앉아있던 많은 사람들의 크게 벌어진 입들이 화면 가

득히 클로즈업되면서 웃음소리가 쏟아져 나왔다. 웃음소리가 갑자기 회오리바람으로 변해 두 사람을 휘감아 정신없이 돌리자 좌우로 비뚤어졌던 입이 각각 제자리로 돌아왔다.

아나운서가 외쳤다.

"놀라운 사태가 벌어졌습니다. 낮은 자리에 앉은 많은 사람들의 웃음소리의 힘은 크고 높았습니다. 역사의 변함 없는 진리입니다."

"야, 그만 눈뜨고 일어나거라. 차가 막 들어왔다. 차를 타야지."

어머니의 말소리에 앉은잠에서 깼다. TV 화면에서는 여전히 두 사람의 열띤 토론이 계속되고 있다.

일주일 전, 함양군 거망산에 위치한 원주사 주지승인 외삼촌이 증외조부, 외조부와 더불어 죽어간 영혼들의 위령제인 천도 법회를 지내니 내려오라는 전갈이 왔었다. 나는 어머니와 함양행 고속버스를 탔다. 어머니의 얼굴 주름살은 다른 날과 다르게 깊어 보였다. 굳어있는 표정은 수면 속에 잠긴 얼굴처럼 죽어있었다. 당신 아버지에 대한 나의 기억은 오직 당신의 이야기에서 구성화되었다는 것을 알고 계신지. 당신 아버지에 대한 이야기를 할 때마다 당신의 눈에서 흘러내리는 눈물의 염도는 세월과 더불어 점점 줄어들었다. 나 역시 어렸을 때는 눈물 속에서 그 이야기를 나의 가족사로 담았지만 나이가 들면서 그 이야기는 우리들의 역사 안에서 받아들였다. 내 개인이 갖고 있는 가족사는 이미 개인을 떠나 역사 안에서 공유하는 시대적 이야기이기 때문이다. 개인이라는 한 단위는 화판 위에 수만 개의 점으로 형상화된 그림 안의 작은 점에 지나지 않는다고 생각하게 됐다. 나의 외증조부, 외조부, 외삼촌 3대에 걸친 반세기가 지나도록 끝나지 않는 이념 대립의 틀 속에서 잔혹한 역사의 주인공들이었다는 사실을….

　서울에서 오는 여동생과 중학교 국어 교사로 있는 조카를 마중하기 위해 절이라고 하지만 규모가 작아 차라리 암자라고 부르는 것이 격에 맞을 원주사를 나와 함양 고속버스 정류장으로 차를 몰았다. 10여 년 이상을 탄 승용차는 고물에 가깝지만 아직도 아쉬운 대로 타고 다닐 수 있다.

　1952년 열다섯 살의 소년이었던 나는 이제 법명으로 불리는 청명 스님이 되었고, 열한 살이었던 여동생은 붉은 색 공포로 인한 정신착란 증세를 이겨내고 노년의 문턱에 들어섰다.

　1950년, 6 · 25 동란이 일어나자 남원읍에서 20여 리 떨어진 우리 마을도 잠시 공산주의 세상이 되었다가 9 · 28 수복 후 다시 대한민국 세상으로 되돌아왔다. 마을의 청년들은 치안대를 조직해서 경찰을 앞세워 우리 집을 제일 먼저 들이덮쳤다. 군당위원회 문화부장 감투를 썼던 아버지를 잡기 위해서였다. 그들은 아버지가 보이지 않자 빨갱이 남편을 내놓으라며 어머니를 잡아갔다. 할머니와 나와 여동생은 공포와 불안 속에서 집 밖에도 나가지 못하고 방안에서 숨죽이며 살았다. 너그들 애비랑은 진짜루 빨갱이가 아닌 게여. 즈 아부질 살리려고 일부러 빨갱이 짓거리를 한 게여. 아이고 조상님네! 이 원통함을 굽어 살펴주시오 잉. 할머니의 입에서는 하루에도 수십 번씩 이 말이 나왔다. 어머니는 이틀만에 할머니와 나의 부축을 받아 집으로 돌아왔다. 어머

니의 몸이 점차 회복되어가던 어느 날,

"우리 아부지를 죽게 한 빨갱이 눔 어디로 도망질 친 거여. 웬수를 갚을 텡께, 웬수를…."

술 취한 동네 사람의 악 쓰는 소리가 들렸다. 잠시 후 집안이 환해지면서 불탔다. 동네 사람 누구도 불을 끄려 하지 않고 멀찌감치 서서 구경만 했다. 안채는 다 타버렸고 사랑채만은 그나마 타지 않았다. 할머니는 어머니와 우리 남매를 떠다밀다시피 하였다.

"얼렁 도망가그라. 살려면 얼렁 가그라."

할머니는 그곳에서 연명하시겠다며 우리 세 식구를 도망가게 했다. 사람들의 눈을 피해 동네를 빠져나왔다. 어머니는 아버지가 북한군 패잔병과 함께 지리산 피아골 쪽으로 숨어들었다는 소문을 따라 그곳을 향해 걷고 또 걸었다. 집을 나올 때 싸가지고 온 주먹밥은 이미 다 먹었고, 내 등짐 속에 한 말쯤 되는 보리쌀과 좁쌀은 아끼느라 낯선 장터거리에서는 동냥질로 끼니를 때웠다. 산 속 깊은 곳에 화전민이 살았던 집을 찾으며 이미 길도 없어져버린 산 속으로 계속 들어갔다. 잠시만 피신해 있다 세상이 평화로워질 때 세상 속으로 들어가 살기로 했다.

벼랑이 높게 솟아있는 계곡 아래에 평지가 넓게 자리하고 큰 바위가 성처럼 둘러쳐져 허름한 움막집을 보호하고 있었다. 우리는 반가웠지만 조심스럽게 움막집 가까이 가서 살펴봤다. 화전민이 살았던 듯 움막집 옆과 뒤에는 감자밭이 뒤집어진 채 파헤쳐져 있었다. 사람이 살고 있는 것 같기도 했고 없는 것 같기도 했다.

열한 살의 여동생은 우리가 처한 참담한 상황을 잠시 잊은 듯,

호기심 가득한 눈으로 움막집을 보며

"꼭 동화 속에 나오는 거지집이잖여. 그치? 오빠."

어머니와 나는 조심스럽게 가마니로 엮인 거적문 앞으로 가까이 다가섰다. 그때 거적문을 들추고 어머니 나이쯤 되어 보이는 아주머니가 초라한 몰골로 나왔다. 집안에서 이미 우리를 살펴봤는지 그녀의 눈 속에는 경계심이 보이지 않았다. 그러나 조심스럽게

"어쩐 일로 여기까지 왔는가요?"

호남 사투리가 없는 말씨였다.

"피신해서 왔구먼요."

어머니의 대답은 짤막했다.

"이런 깊은 곳까지 온 걸 보니 우리처럼 빨갱이를 피해서 왔군요. 얼마나 고생했으면 사람 모습이 영 아니구먼요."

우리 식구들은 아주머니의 말에 가슴이 철렁 내려앉아 더 이상 말을 못했다.

"사람들을 너무 오랫동안 못보다 보니 반갑네요. 반가운 김에 그쪽 처지는 듣지 않고 내 말만 했군요."

어머니는 의심을 줘서는 안되겠다 싶었는지,

"잘 알아맞혔구먼요. 우리도 같은 처지랑께요."

서둘러 말했다. 우리는 배고프고 지쳐서 보따리를 내려놓고 토방에 쓰러지듯 주저앉았다. 아주머니는 거적문 안으로 들어가더니 바가지에 감자를 담아서 우리 앞에 내놓았다. 우리는 감자를 보자 먹기에 바빴다. 오래간만에 먹어 보는 익은 음식이었다.

"사람들이 그리웠는데 잘됐구먼요. 같이 힘을 합쳐 어려움을

이겨내자구요."

아주머니는 상냥했고 우리 식구들을 진심으로 반기었다.

방이라 해봤자 바닥에 멍석이 깔려 있을 뿐이었으나 그래도 불을 때는 아궁이가 있어서 춥지 않게 지낼 수 있어 다행이라 여겼다.

방 한쪽 구석에 남자가 누워서 거적문을 열고 들어오는 우리를 쳐다보고 있었다.

"남편이에요. 경찰인데 미처 피난 가지 못하고 빨갱이한테 쫓겨 도망가다 총을 맞았어요. 가지고 있던 총으로 뒤쫓던 빨갱이를 쏴버리고 이곳으로 숨어들었어요. 다행히 나리에 총알이 박히지 않고 살집을 스치고 지나가 큰 부상을 입지 않았어요."

아주머니는 방 한가운데를 가마니로 막아 2 개의 방을 만들어서 각각 거주하게 했다. 우리 세 식구는 부지런히 산에서 나무를 해서 나와 누이동생이 한 줌씩 지고 왕복 70 리 길의 장에 내다 팔아 최소한의 양식을 팔아다 먹었다. 우선 살아야 하닝께 입조심들 하그라. 어머니는 나와 동생에게 주의를 줬다.

"아랫 시상은 어찌 되었당가?"

장에 내려갔다 온 내게 아저씨는 물었다.

"아직 어느 쪽이 이길 건지 모르겠다고들 하던디요."

나 역시 어머니처럼 살기 위해 사실을 숨겼다. 우리가 숨어 사는 산 속은 나뭇잎을 흔들어대는 바람소리, 새소리, 파란 하늘, 하얗게 쏟아지는 햇살, 이 모두가 동화의 나라처럼 평화롭고 아름다웠다. 불안한 하루 하루에도 이들 자연 속에서 뿜어져 나오는 생명력은 내게 안식을 가져다줬다. 산봉우리 너머 찬란한 빛을 던지는 낙조, 은빛 광택을 던지는 담황색에 낮게 가라앉는 산 그림자, 힘든 생활 속에서도 살아갈 수 있게 숨통 트이게 해준 것은 산 속의 정서, 자연의 순리였다.

이 평화를 깨고 지리산 곳곳에서 총소리가 따갑게 들렸다. 우리들은 거인의 나라 소인들처럼 움막 안에서 숨죽이고 있었다.

"어느 쪽의 총소리일까?"

아저씨는 누구에게 묻는 것이 아니라 습관처럼 묻곤 했다. 나는 알고 있었다. 나무 팔러 장에 내려갔을 때 사람들의 수군대는 소리를 들었다. 앞으로 대대적으로 공비 토벌이 있을 것이라는 것을…. 아버지가 토벌대의 총에 빨간 피를 쏟으면서 쓰러지는 환영이 어른거려 숨 막히는 통증이 일어났지만 가족들에게 말할 수가 없었다.

이틀 밤, 사흘 낮에 걸쳐 쏟아붓던 총소리가 잠잠해진 밤이었다. 20, 30대로 보이는 빨치산 3명이 총구멍이 난 누더기 옷을 입고 움막집에 들이닥쳤다. 우리들에게 총을 겨누며 밥을 요구했다. 움푹 들어간 눈자위 속에 안광이 퍼렇게 날이 서 보였다.

등잔불도 켜지 않은 어두운 밤, 보이지 않았지만 아저씨 내외는 하얗게 질린 채 꼼짝 않고 있었다.

"밥이 없는디 어찌할랑가. 감자를 쪄줄 테니 앉아서들 먹으소."

어머니의 목소리는 뭉글져 있었다. 그 목소리에는 그들을 잘 만났다 싶은 어머니의 마음이 숨겨져 있다는 것을 나만은 알아챌 수 있었다. 여동생도 알았을 것이다. 그들은 어머니 말에 겨누던 총을 거두고 주저앉았다. 움막 안을 찬찬히 둘러보던 공비 하나가 다리에 이불을 덮어 씌워 앉아있는 아저씨를 보자마자 자리에서

172

벌떡 일어나 다시 총을 겨누었다.

"당신 누구야? 도대체 당신들 누군데 여기에 있소?"

서울 말씨였다. 다른 공비들도 일어나 다시 우리에게 총을 겨누었다. 어머니는 아저씨를 막아섰다.

"야그들 아부지는 군당위원회 문화부장 강무섭 동무지라오. 다리에 총 맞아 앉아있는 사람은 야그들 삼촌이요. 인민재판 땜에 식구를 잃은 동네 사람들이 웬수 잡겠다며 우리 집에다 불까지 질러뿌러 도망쳐 예까지 왔소. 삼촌은 청년단에 잡혀갔었는디…, 도망치다 다리에 총을 맞았는디, 천운이 도우사 도망쳐서 살았지라우. 인민군이 후퇴하는 바람에 야그들 아부지가 피아골 어덴가에 숨어들었다는 소문 따라 식솔들을 이끌고 예까지 왔지라우. 만나게 해주시랑께. 부탁이지라오."

어머니는 눈물을 쏟으며 말했다.

세 사람은 총을 거두고 아저씨 앞으로 가서 덮여진 이불을 젖혔다. 장딴지의 총상이 아직도 덜 아물어 더러워진 무명 붕대에 감긴 다리를 확인했다. 남자 하나가 강무섭? 강무섭 — 몇 번을 입 속으로 외우더니 알 듯 모를 듯 고개를 갸웃거렸다.

고속버스는 세 시간여를 지나서 오후 1시에 함양군에 도착했다. 외삼촌은 우리가 도착하는 시간에 맞춰 차를 가지고 버스터미널로 마중나왔다. 불빛 아래에 서있는 외삼촌의 머리는 멀리서 보아도 반짝였다. 어둠 속에서는 회색빛으로 숨어들었다가 불빛 속에서는 한풀이라도 하는 것처럼 탄력 있게 반짝반짝 빛을 냈다.

외삼촌은 우리 모자를 태우고 안의면 소재지를 지나 용추계곡 쪽으로 차를 달렸다. 길 옆에는 꽤나 넓은 냇물 가운데 속 편히 퍼질러 앉은 아낙네의 흰 엉덩이처럼 탐스러운 바위들이 둥글둥글 널찍하게 들어차 있다. 달리던 차는 좌측에는 황석산, 우측에는 기백산을 아울러 안으면서 거망산으로 들어섰다. 거망산 중턱에 있는 원주사 앞에까지 차가 갈 수 없어, 몇 대의 차가 주차할 수 있는 산길 초입 공터에 차를 세웠다. 원주사까지 3백 미터쯤 걸어 올라가야 하는 산길에는 들국화와 개망초가 푸른 산그늘에서 하얗게 빛났다.

세상 사람들에게 잘 알려지지 않은 산지에 세워진 규모가 작은 이 절에는 일주문, 천왕문, 불이문이 보이지 않았고 법당인 대웅전에는 부처만이 모셔져 있다. 선불장이란 현판이 붙은 요사와 3층탑이 하나 있다. 요사는 승려들이 수도하는 곳이기도 하고 일도 하고 공부도 하는 집이기도 하지만, 외부 사람들을 맞아들이는 객실도 있다. 3층의 작은 탑은 푸른 이끼 속에서 세월의 흔적을 담아 세속의 허망함을 말해주는 것 같았다.

어머니는 외삼촌이 묻지도 않는 아버지의 근황을 풀어났다.

"이태원 상가 남자 점포주들의 친목계 모임에서 미국 여행을 갔어요. 떠나기 전에 천도제를 지낼 것을 알았다면 안 갔을 텐데, 왜 일찍 좀 알려주지 않고요."

외삼촌은 묵묵부답이다. 아주 필요한 말 이외에는 별로 하지 않는다. 묵묵히 이야기를 듣기만 했고, 그 이야기에 공감하는지조차 표정에 담지 않았다. 어머니가 간직한 외조부의 30대 사진은 외삼촌을 많이 닮아 있었다. 갸름한 얼굴에 이목구비가 뚜렷한

174

귀티 나는 미남형이다. 외증조부에서 시작된 아픔의 상처가 외조부에서 끝나지 않고 외삼촌이 대물림 받게 된 굴곡진 가족사는 어머니에게 빨간 색만 보면 놀라는 정신적 충격을 가져다주었다. 불가항력적인 역사의 흐름에 던져졌었다는 사실을 인식하기까지 정신 치료를 받아야만 했던 아픈 기억을 가지고 있었다.

외증조부는 함경도 아바이로 단천에서 태어났다. 어렸을 때부터 흙으로 인형을 빚어내는 것을 좋아하더니 커서 토우를 빼어나게 잘 만들었다. 외증조부의 토우를 좋아한 일본인의 주선으로 일본으로 건너가 조소인형연구소에서 수 년간 도제생활을 하였다. 뛰어난 솜씨로 토우 인형 작가로서 제일인자가 되었다. 기반이 잡히자 일본인의 기모노 속에서의 만족한 생활이 오히려 불편해졌다. 자신이 만드는 일본 토우로 하여 민족의 정체성이 빠지는 듯한 불안과 초조감이 생겼다.

1941년, 우리 나라 옷을 입은 우리의 토우를 만들고 싶어 일본 생활을 접고 우리 나라에 돌아왔다. 우리 옷을 입은 민족혼이 들어간 토우를 만들었지만 찾는 사람이 없어 모두 골방에서 잠재워야만 했다. 토우들의 긴 잠이 몇 년간 계속되자 생활의 위협으로 나타났다. 우선 먹고살아야 하는 생활고가 민족혼보다 더 다급한 실정으로 외증조부를 옥죄었다. 거기에다 20여 년간 품어온 토우에 대한 창작의 열정은 국가의 경계선을 넘어섰다. 일본인의 얼굴과 일본인의 옷을 입은 일본의 정신이 들어간 토우를 다시 만들었다.

1945년, 해방이 된 고향 단천에서 외증조부는 친일파로 몰려 가족들과 함께 남한으로 내려왔다. 남한에 있는 친지의 도움으로 함양군에 터를 잡고 정착했다.

당시 외증조부는 50세, 외조부는 28세, 외삼촌은 8세, 나의 어머니는 6세였다. 남한 생활 4년이 지나 자리잡아갈 즈음 6·25가 터졌다. 그로부터 외삼촌과 어머니의 10대는 찢겨진 내홍의 출혈로 산에 핀 꽃들의 향기가 피냄새로 범벅됐고, 나무들은 자라기를 멈추고 파란 하늘은 구름으로 덮여 하늘색을 잃었다.

바가지에 하나 가득 담겨 있던 감자가 세 남자의 입으로 미어지듯 들어갈 때마다 목줄기가 튕겨나올 듯 팽팽해졌다. 아주머니는 두려움을 감추고 양재기에 물을 떠서 조용히 그들 앞에 놓았다. 그들은 어느 정도 배가 찼는지 물을 마신 후 감자를 싸들고 어둠 속으로 사라졌다. 어머니는 그들 뒷모습에 대고 외쳤다.

"강무섭 동무를 꼭 찾아줄 꺼시오. 당신들 동무 손에 달렸씀께로."

그들이 발소리도 없이 사라지자 아저씨 내외는 우리를 반신반의의 놀라움으로 쳐다봤다.

"우리 아버진 진짜루 빨갱이가 아니지라우."

"야그들 할아부지가 북쪽에서 도망쳐 나왔담세 붙들려 갔구먼요. 그러니께 야그들 아부지는 행여 자기 아부지를 살려볼까 히서 그쪽에 몸 담가 군당위원회 문화부장이 되었지라우. 근데 공진회 마당에서 인민재판정 헐 때마다 야그들 아부지를 참석시켜 어쩔꺼시냔 말이오. 꼼짝없이 빨갱이루 보았담요. 진짜루 빨갱이가 아니구 소학교 선상님이랑께."

"다아 시상 잘못 만난 탓이지요. 누굴 탓하겠어요. 근데 애들 할

아버진 찾았어요?"

"사방으로 수소문해 봤는데 어디에서 죽임을 당하셨는지 북쪽으로 잡아갔는지 못 찾았구먼요. 야그들 아부지는 인자는 빼도 박도 못헌다고 한탄만 했당께요."

우리의 하루하루는 죽지 않고 살아남아야 한다는 본능적인 감각으로 무장되어 갔다. 바람 소리에도 놀라 주위를 살폈고, 방에는 가마니와 나뭇잎 가지로 등화관제를 했음에도 등잔불마저도 켜지 않고 지냈다.

보리와 밀겨를 섞은 밥을 아침 겸 점심으로 먹고 있는데 소리 없이 세 명의 남자들이 거지 중에서도 상거지 꼴로 우리 앞에 나타났다. 발등만 겨우 걸려 있는 앞창이 떨어진 구두 속에서 나온 발가락들은 상처로 피가 엉겨 붙어 있었다. 우리들의 시선은 그들의 발끝에서부터 위로 올라가 얼굴에 멈췄다.

어머니의 아! 하는 소리, 뒤이어 인철 아부지, 어머니의 반울음 목소리에 놀라 나는 어머니 앞에 선 빨치산의 얼굴을 보았다. 길게 자라난 수염과 덥수룩한 머리 속에 파묻힌 얼굴, 자세히 보고서야 아버지란 걸 알아봤다. 어머니는 아버지를 붙잡고 울자 난 무사하닝께…, 말을 맺지 못하고 아버지도 눈시울을 붉혔다.

"여그에 숨어 산다는 말을 듣고 찾아왔소."

"동무, 약해진 마음이 적이란 걸 모릅네까? 날래 먹을 것 달래 갖고 떠납시다."

이북 말씨의 사람이 아버지를 날카롭게 보며 힐난하듯 말했다. 아주머니는 떨리는 모습을 감추며 있는 대로 먹을 것을 모아서 앞에 내놓았다. 우리들이 먹다 만 밥까지도 모두 내놓고 그들이 빨리 떠나기를 바랐다.

　방안을 찬찬히 둘러보던 남자가 구석진 자리에 앉아 있는 아저씨를 유심히 보더니 앞으로 가서 아저씨의 얼굴을 자기 앞으로 돌렸다. 아저씨의 눈은 놀라움으로 동공이 커지고 입은 벌려진 채 움직이지 못했다.

　"이 웬수 늄. 잘 만났당께. 내 동생 목심을 니놈 총으로 죽였잖여. 인자 내가 총으로 니 놈을 죽일꺼시여. 니 목심은 내 손에 달렸씅께로."

　손에 쥐어진 총신에서 찰가닥 노리쇠 당기는 소리가 났다. 살기가 움막 안에 퍼졌다. 그의 부릅뜬 눈이 아버지와 어머니를 향했다.

　"다시 말해 볼 거시여. 야그들 삼촌이라고? 동무, 이 반동 새끼가 동무의 동생이오?"

　살기 어린 눈이 아버지와 어머니를 쏘아봤다.

　"잘못했구만요. 사람 목숨이 중하니껜시리…."

　어머니의 말이 끝나기도 전에 그는 아저씨를 발로 걷어찼다. 쓰러진 아저씨를 거칠게 밖으로 끌고 나갔다. 그때까지 잠자코 보고만 있던 이북 말씨의 남자가 아버지를 보며 말했다.

　"동무, 밖으로 나오시오."

　아버지를 뒤따라 우리들도 움막 밖으로 나갔다. 아저씨를 끌고 나간 남자가 아저씨를 공 굴리듯이 굴려가며 구타하고 있었다.

　"잠깐 멈추시오."

　이북 말씨의 남자가 말했다. 우리는 마음을 졸이며 그를 지켜봤다. 말투로 보아 그가 제일 지위가 높은 것 같았다.

“강무섭 동무, 이 악질 경찰 간나 새끼를 동무의 가족들이 보호해 줬소. 그에 대한 죄과를 어뜨게 받겠소?”

“잘못했습니다. 어떤 벌이라도 제가 받겠습니다. 용서해 주십시오.”

“좋시다. 저 악질 경찰 새끼를 동무가 처단하시오. 죽이시오.”

아버지의 얼굴이 순간 공포에 굳어졌다. 그것을 살핀 남자가 말했다.

“아니면 악질 경찰 새끼를 보호해 준 동무의 처가 죽음을 받든가. 차마 처를 죽일 수 없다면 내가 맡겠소. 선택하시오.”

어머니는 무너지듯 주저앉았다. 엉금엉금 기다시피 그 남자 앞에 가서 울며 매달렸다.

“잘못했지라요. 거짓말 그거시 이러커럼 엄청난 죄인 줄 몰랐구먼요. 무지몽매히서 저지른 죄 용서해주시오.”

공포가 명치끝을 조여 와 기도가 막히는 것 같았다.

“빨리 선택하시오. 동무가 반동 새끼를 처단하던가, 내가 동무의 처를 처단하던가.”

그가 자신의 총을 꺼내 손에 들었다.

아버지의 발걸음이 허둥거리며 아저씨 쪽으로 걸어갔다. 아저씨를 향해 총을 겨눈 아버지의 손이 떨리고 있었다. 몸도 떨었다. 순간 총소리가 나고 아저씨가 쓰러졌다. 붉은 피가 목에서 뿜어져 나와 주위를 빨갛게 적셨다. 주위의 상수리나무, 소나무, 떡갈나무에서 낙엽이 우수수 떨어져 바람에 휘날렸다. 동생은 어머니에게 소리지르며 안겼고, 아주머니는 실신해서 쓰러졌다. 아버지는 총을 잡은 손을 내리고 그 자리에서 꼼짝 않고 서 있었다. 두 남자는 먹을 것을 챙겨 들고 아버지에게 빨리 가자고 재촉했다. 아버지는 떠나면서 우리 가족들을 바라봤다. 바라보는 그 눈 속에는 사람을 죽였다는 죄의식, 가족에 대한 안도감, 자신에 대한 절망감이 들어 차 있었다.

우리들은 아저씨 시신을 나중에 이장할 때 쉽게 찾을 수 있는 바위 옆에 묻었다. 죽음을 눈앞에서 목격한 우리는 움막집이 싫어졌다. 아주머니와 더 이상 같이 있을 수가 없었다.

우리 가족은 죽기보다 더하랴 싶은 심정으로 어머니 고향인 구례로 내려갔고, 아주머니는 아들을 맡겨 둔 친정집으로 돌아갔다. 그 후 휴전협정이 되어 전쟁이 중지되었다.

마지막 본 아버지의 눈이 잠시도 내 의식 한편에서 없어지지 않고 아저씨 목에서 뿜어 나오던 빨간 핏줄기도 없어지지 않았다. 나는 방황했고 세상살이에 따라가지 못하고 비켜서기만 했다. 나는 가족들과 헤어져 산으로 들로 아버지의 행적을 찾아 헤매고 다녔다. 내게는 시간의 흐름조차 의미가 없었다. 이름 모를 골짜기에 지치고 배고파 쓰러졌다. 지나가다 나를 발견한 스님이 데리고 가서 원주사 행자로 들여보냈다. 행자 시절에도 아버지의 생사를 알고 싶어 속세와의 인연을 못 끊는 내게 원주사 스님은 마지막 공비 소탕전에 모든 산의 빨치산이 잡혔거나 몰살됐다고 말했다. 더 이상 찾지 말고 알려고도 하지 말라는 다짐이었다.

"중생에게는 생사가 있고 고통과 괴로움이 분명히 있지만, 모든 것을 초월하신 부처님에게는 생사가 없느니라. 생본무생(生本無生) 본래 태어남이 없고, 멸본무멸(滅本無滅) 본래 죽음이 없도다. 생멸본허(生滅本虛) 나고 죽음은 본래 허망한 것이며, 실상상주(實相常住) 진리의 실상은 영원하다. 인간의 고통은 생사가 없는 실상의 진리를 깨닫지 못하는 데서 생기는 것이다. 인간의 괴로움은 부질없는 생사의 동작을 계속 반복하는 데서 일어나는 것이니 오늘부터 이 게송을 계속 마음속에서 봉창하도록 해라.”

원주사에는 외삼촌 말고도 사미승, 행자 두 사람이 더 있었다. 사미승의 빡빡머리와 앳된 얼굴은 50여 년 전의 외삼촌을 보는 것 같았다. 세상의 머리와 옷을 버림으로써 이승의 고뇌로부터 자유스러워졌지 않았나 싶었다.

이제 노년의 외삼촌은 마음속에서 일어나는 그리움, 공포, 원망, 미움 등의 잡다한 생각들을 부처님을 통해 그 본래의 마음으로 돌아가 일체의 잡념과 번뇌를 초월한 무심한 상태가 되어 있다.

사미승의 안내로 객실에 짐을 풀었다. 객실에는 이미 다른 사람의 가방과 짐이 놓여 있었다. 오후 5시부터 시작되는 공양시간에 어머니와 나는 객실과 붙어있는 식당으로 갔다. 부엌과 겸해 사용하고 있는 식당에는 다음날 천도법회에 쓸 공양물이 한 옆에 놓여 있었고, 나무판자로 만든 꾸밈없는 식탁이 길게 놓여 있었다.

90세 가깝게 보이는 자그마한 몸집의 여자 노인과 어머니 나이와 비슷한 부부가 식사를 하고 있었다. 고개 숙여 인사하는 우리에게 두 손을 모아 합장으로 답례하는 것으로 보아 그들은 이 절의 신자인가 싶었다.

저녁 예불이 끝난 후 외삼촌은 우리 모자와 노인 가족을 주지승이 쓰는 방으로 불렀다.

"현재가 있는 것은 과거의 인연에 의해서 일어났고 그 과거는
또 그 과거의 인연에 의해서 일어났고, 또 그 과거는…, 따지고 보
면 끝이 없습니다. 무시무종(無始無終)이지요. 모든 현상은 전부
가 인연에 의해서 생겼다가 인연에 의해서 흩어지게 되므로 불교
에서는 무상이라는 말을 많이 씁니다. 오늘 두 가족도 인연에 의
해서 만났다 헤어지고 다시 만났습니다."

서로를 새삼스런 눈으로 바라보며 합장과 목례로써 다시 인사
를 나누었다. 외삼촌은 노인을 보았다.

"보살님, 여동생 강인옥입니다. 열 살의 아이가 이젠 중늙은이
가 되었습니다."

어머니를 바라보는 노인의 눈에 잠깐 감회가 어린 듯하더니 다
시 평상심으로 돌아가며 말했다.

"오랜 세월이라 몰라보게 되었구료. 지리산 움막집에서 아주머
니라 불렀던 사람이라네. 옆에 앉은 사람은 아들 내외이고."

어머니의 놀라움은 컸다. 그때의 충격이 다시 어머니에게 돌아
오지 않을까 하는 걱정을 했지만 외삼촌은 무심한 채 미소를 띠고
있었다.

어머니는 앉은 자세를 고쳐 무릎을 꿇으며 할머니께 고개를 숙
였다. 노인의 아들이 그런 어머니의 모습을 보더니 말했다.

"편히 앉으십시오. 난 13년 전에 퇴직했지만 대학에서 역사를
가르친 선생이었습니다. 역사에, 인간사에 진실은 과연 있는지,
진실은 없고 오로지 사실만이 있지 않나 싶습니다. 사실을 두고
누가 무엇이 진실인지, 거짓인지, 역사조차도 시대 상황에 따라
사실과 진실이 바뀌지 않습니까? 그러니 누가 누구를 가해자라고

말할 수 있으며, 또 누가 피해자라 할 수 있겠습니까? 우린 같은 시대에 태어난 똑같은 역사의 피해자들입니다."

외삼촌은 노인 아들의 말을 합장으로 받아들였다.

"보살님은 망자를 위한 묵은 진오기굿을 하셨다 했습니다. 그 굿은 망자의 한을 풀어, 산 사람의 삶을 어지럽히는 원혼이 아닌 정화된 영혼으로, 저승으로 들어가서 조상신으로 신격화하여 가족들 삶에 도움 주기를 바라는 의례입니다. 그런데 절에서 치르는 천도법회는 영혼을 중화시켜 단순히 이승에서 저승으로 가시도록 하는 것과는 다릅니다. 업장을 소멸해 새로운 세계로 가도록 해서 생사윤회의 고통을 벗어나 해탈에 이르게 해 좋은 생을 받을 수 있도록 하는 것입니다. 무속의례에서 하는 자손의 기복 기원과 다른 보은과 재(齋)의 공덕을 영가 영혼에게 회향시키고 모든 대중과 공동체의 번영을 축원하는 의례이지요."

노인들의 가족들도 외삼촌 말을 합장으로 받아들였다.

"이 절의 규모는 크지 않습니다. 천도법회를 올리는 데는 절의 크고 적음과 상관없듯이 공양물 역시 많고 적게 마련하는 것과는 관계없습니다. 음식 마련은 공양 세계로 들어가는 기초 작업, 준비 과정이지 음식 자체로서 중요한 것이 아닙니다. 부처님의 가르침을 올바르게 실천하는 신심으로 염불을 잘해야 하고, 기도를 잘하는 것이 공양 중의 공양입니다. 그래서 저는 공양물을 분에 넘치도록 마련하는 것을 바라지 않습니다. 이번 천도법회는 돌아가신 날짜도 모르고 시신도 거두어 드리지 못한 저의 조부님과 아버님, 그리고 보살님 부군의 영가 영혼을 모십니다. 이번 법회를 통해서 남북으로 갈라져 서로 죽이고 죽임을 당한 원혼들을 정화시켜 중생들이 반목하지 않고 살아가는 국토가 돼야겠지요."

천도법회를 끝내고 서울행 버스에 승차했다. 나는 어머니의 정서적 상태가 걱정이 됐다. 그러나 어머니는 이번 천도법회를 통해서 지나가버린 죽음에 대하여 객관적인 인식을 하게 되었고, 따라서 미래의 죽음에 대한 간접적인 체험을 하지 않았나 싶었다.

"도대체 이념이 뭣이란 말이냐? 너의 외할아버지가 이 시대에 태어나기만 했어도 그렇게 돌아가시지 않고, 또 사람을 죽이지도 않았을 텐데 말이야. 누구 탓을 하겠니. 전생의 업장 때문이라는 외삼촌의 말을 믿어야 속 편하겠지?"

어머니의 '도대체 이념이 뭣이란 말이냐' 는 말은 이미 천도법회를 지낼 때부터 내 머릿속에서 떠나지 않는 화두가 되었다.

이제 공산권의 붕괴로 이념 전쟁의 허구가 드러났으며, 거대한 하나의 이념이라는 권력의 힘이 모든 것을 해결해줄 수 없다는 것을 알았다. 오랫동안 이념에 길들여지며 그것이 개인의 신념이 되었고, 이제 그 신념을 갖지 않게 되었을 때 그 공백을 무엇으로 메워야 하는지. 거대 이념을 거부하고 이념적 가치보다는 삶의 가치를 중시하는 사회가 이 땅에서 실현될까? 이것이 없으면 저것이 없고, 저것이 없으면 이것이 없다는 외삼촌의 말을 곰곰이 생각해 본다.

아버지의 날개

　나는 가정이라는 배 안에 가족들을 태우고 노를 젓는 사공으로 살아왔다. 새벽의 여명을 뚫고 솟아오르는 태양을 바라보고, 바다를 빠알갛게 물들이는 낙조 속에서 가족들은 나의 힘찬 다리와 팔뚝을 믿으며 살아왔다.

　다리와 팔이 꺾인 아버지, 남편을 불평 없이 숨 죽여 바라보는 가족들을 앞으로 어떻게 보호해 줘야 하나.

　아버지는 가부장제의 과대평가된 허상 속에서 결국 패배자가 되지 않기 위해… 남자들이 지금까지 누려왔던 가부장제도의 혜택이 이제는 남자들을 억누르는 짐이 되었다.

아버지의 날개

TV에서는 여자 아나운서가 등산에 관한 멘트를 하고 있다.

"본격적으로 날이 풀리는 3월 초에는 언 땅이 녹으면서 산길이 미끄러워 조금만 부주의해도 미끄러지기 쉬우므로 조심해야 합니다. 특히 요즈음 실업자들이 늘어남에 따라 등산객 수가 늘고 있는 추세이므로 더욱 각별한 조심이 뒤따라야 하겠습니다."

나의 아버지의 사고사를 알기도 한 듯 등산객의 실족사 예방을 강조하고 있다.

어머니, 대학생 딸인 나, 고등학생인 남동생 인호, 이렇게 달랑 셋뿐인 우리 가족들은 아버지의 장례식을 치르고 나서 일주일에 한 번씩 유골이 안치된 납골당을 찾았다. 납골당에 있는 아버지의 사진은 당신이 좋아했던 국화꽃으로 장식한 틀 안에서 생존의 모습처럼 근엄하게 우리 가족들을 맞이했다. 이제 어머니는 눈물을 흘릴 힘도 탈진되었는지 느린 손길로 아버지의 얼굴을 부드럽게 쓰다듬기만 한다. 어머니에게는 사진이 아니라 살아 숨쉬는 아버지의 얼굴이다. 아버지와 만나는 공간 속에서는 이 세상 시간의 독촉, 납골당에 들어온 시간이 지나면 나가야 한다는 규칙을 잊어버린다.

이곳에 온 사람들은 죽음과 삶의 분계선에서, 인생이란 광대한 역사 속에서, 많은 사람들의 기원을 이루려고 했다가 이루지 못한 갖가지 한이 쌓여 비극은 되풀이된다고 생각할 것이다. 결국 죽음 앞에서 인생에 대해 허무하게 생각하고, 어머니 역시 그 허무를 가슴에 담고 아버지의 죽음에 익숙해지려고 애쓰는 것 같았다.

등산길에서 아버지가 실족사를 하던 날짜의 소인이 찍힌 아버지의 편지 한 통이 어머니 앞으로 배달되었다.

'…내가 어떤 사고를 당해 죽게 된다면, 3년 전에 가입해 놓은 재해, 사망보험금을 받게 될 것이오. 부탁이 하나 있소. 이 주소지로 박영대라는 사람을 찾아가서 1,500만 원을 꼭 돌려주구려. 1,400만 원은 원금이고 1백만 원은 사죄비라고 말해 주구려…'

아버지의 편지 내용은 두 가지의 미스터리를 갖고 있다. 아버지의 실족사가 사실은 사고가 아니라 죽음을 스스로 선택한 자살이 아닐까 하는 점. 또 한 가지는 우리 가족들이 모르는 박영대라는 사람과 아버지와의 관계가 무엇인가 하는 점이다. 나는 이 두 가지의 미스터리를 풀어야 했다. 그래서 아버지의 일기장을 찾기 위해 책장을 뒤져보기로 했다.

이 집으로 이사를 온 후, 작은 거실 한 벽면에 위치한 두 개의 책장이 미니 서재가 되었다. 책장 문을 열자 책 속에 숨어있던 매케한 냄새와 먼지들이 베란다를 통해 들어온 햇볕 속에서 그 모습들을 드러냈다. 책장 속의 책들을 샅샅이 뒤져봤지만 일기장은 보이지 않았다. 책장 하단 좌우에 두 개씩 붙어있는 네 개의 서랍을 열어보기로 했다. 한 개의 서랍 속에 아버지의 성함이 태명조체로 인쇄된 명함과 각계의 사람들이 준 명함들이 가지런히 놓여 있었다. 또 다른 서랍에는 소화제, 밴드, 소독약, 쓰다 남은 연고제, 병원 봉투 속의 먹다 남은 가루약 등이 보였다. 세 번째 서랍에는 잔액이 얼마 없는 은행통장, 도장과 보험채권 2개가 비닐 커버 속에서 소중한 듯 반듯하게 자리잡고 있었다. 며칠 후면 큰 돈이 될 이 보험채권 두 개를 아버지의 분신을 보듯 비통한 심정으로 바라봤다. 그러나 살아있는 가족들이 가난으로부터 벗어날 수 있다는 안도감 역시 숨길 수 없었다. 아버지는 그 안도감을 바랐을 것이다. 그래서인지 아버지의 존재가 이 세상에서부터 영원히 멀어졌어도 오히려 나의 내면에 아버지의 존재가 더욱 차 올랐다.

네 번째 마지막 서랍을 열었다. 나성에서 받은 부도 난 어음들이 고무줄에 묶여있다. 그 어음 뭉치가 핵폭탄 같은 위력으로 아버지의 사업체를 공중분해시키고 결국 아버지를 죽게 한 저승의 초대장이다. 나는 어음 뭉치를 힘껏 내동댕이쳤다. 몰염치하게도 거실 바닥에 제멋대로 흩어졌다.

서랍에 깔려있는 종이를 집어 올리자 손때가 묻어있는 두툼한 대학노트가 나왔다. 나는 떨리는 손으로 그 노트를 펼쳐 보았다.

꼼꼼하게 또박또박 쓰여진 낯 익은 아버지의 글씨였다. 일기장이 분명했다. 나는 높아지는 숨결을 고르면서 그것을 어머니한테 가져가려다 그만두었다. 아버지의 사망이 아직도 어머니에게는 통한의 미로였다. 그 미로를 벗어나는 날 일기장을 보여드리리라. 어느 땐가는 죽음이란 이 세상의 모든 삶의 끝남이 아니라, 다만 영혼이 이 세상에서 저 세상으로 옮아가는 것에 지나지 않는다는, 죽음을 앞둔 소크라테스의 말이 어머니를 미로에서 벗어날 수 있게 할 것이다.

나는 나의 작은 방으로 들어가 두 다리를 오므리고 두 손을 잡아 기도하는 심정으로 아버지의 일기를 읽기 시작하였다.

나성그룹이 부도가 나자 나성그룹의 각종 홍보물 납품대금으로 받은 8억여 원이 연쇄적으로 부도가 났다. 어음을 결제대금으로 받은 하청업체, 거래업체뿐만 아니라 은행마저 재빨리 공장의 건물, 대지에 가압류를 해 놓은 것이 오늘 경매로 넘어갔다. 사고력이 모두 빠져나간 내 머릿속은 뜨거운 백사장의 모래알처럼 알알이 흩어져서 아무 생각도 떠오르지 않는다. 목적도 없이 밀리는 인파 속에서 걷기만 하였다. 얼마쯤 걸었을까. 다리가 아픈 것을 보니 10㎞는 걸은 것 같았다.

포장마차가 보였다. 나는 포장마차 안에 들어가 엉성하게 놓여 있는 나무탁자 앞 걸상에 털썩 주저앉았다. 아직 술을 마시기에는 초저녁이라 술손님은 보이지 않고, 젊은 근로자인 듯한 두 사람이 가락국수를 다 먹고 나서 트림을 한다.

“어서 오십시오. 뭘 드릴까요.”

포장마차에 맞지 않는 사무적인 정중한 목소리를 가진 주인이
반갑게 나를 맞이했다. 이제 진공상태였던 내 머릿속에 사고력이
돌아왔는지 포장마차 주인의 젊고 깨끗한 인상이 느껴졌다. 나는
소주 한 병과 오뎅을 시켰다.

“오월이지만 아침 저녁나절에는 아직 선선해요. 따끈한 오뎅국
물에 건더기를 좀 더 넣었습니다. 맛있게 드십시오.”

김이 무럭무럭 나는 푸짐한 오뎅그릇과 소주병, 잔, 그리고 간
장 종지에 와사비, 단무지를 쟁반에 담아 들고 와서 내 앞 식탁에
조심스런 손놀림으로 놓고는 제자리로 돌아간다. 나는 아무 말
없이 잔에 소주를 가득 따라서 한 번에 들이마시고 오뎅국물을 듬
뿍 떠먹었다. 국물이 너무 뜨거워 입안이 얼얼했다. 가락국수를
먹고 난 두 남자가 값을 계산하고 나가자, 포장마차 안에는 나와
주인 둘만이 있게 되었다.

“이 포장마차 차린 지 육개월 가까이 되는데 손님들의 표정만
봐도 각자 개인사를 좀 알 것 같아요.”

포장마차 주인은 내가 묻지도 않았는데 자신의 이야기를 꺼내
놓으며 나를 바라본다.

“전 포장마차를 차리기 전에는 금융계통의 회사 대리였습니다.
회사가 문 닫았다고 처자식 굶길 수는 없지 않습니까.”

자신의 불행한 처지를 말함으로써 뭔가 불행해 보이는 나에게
위안이 되게 해주려는 그의 선량한 마음씨가 보였다. 그러나 그
것보다는 자신의 분노를 분출하지 않고는 견딜 수 없는 답답함이
더했는지도 모른다.

그는 회사 다닐 때 우리사주 5천 주를 배정받아 회사에서 융자해 준 5천만 원으로 샀다. 그런데 회사가 문을 닫자 1만 원 했던 주가가 2백 원으로 떨어져 이젠 휴지조각이 되었단다. 배정받은 후 2년간은 팔 수 없게 된 우리사주는 잘못되고 보니 현대판 노비문서나 다름없다는 생각이 들었다. 결국 그는 퇴직금 중간정산으로 마련한 작은 집을 팔아서 융자받은 5천만 원을 갚았다고 한다. 그는 우리사주 바람에 거덜이 난 사람이 자기 하나뿐이 아니고 많다는 데에 힘주어 말하면서 조금이나마 위로를 받는 것 같았다.

나 역시 타인의 불행이 내게는 위안이 될 수 있다는 새로운 사실을 이기적인 악의라고 나무랄 수는 없었다.

다행히 집이 팔렸다. 이 다행이란 의미가 준 갈등을 가족들은 모른다.

사원들의 밀린 인건비를 해결하기 위해서는 아내의 명의로 해 준 집을 팔 수밖에 없었다. 집을 팔아서라도 인건비를 해결해주겠다는 약속은 해놓았지만, 가족들의 얼굴을 볼 때마다 집이 팔리지 않기를 바라는 마음의 갈등을 심하게 겪었다. 대지 2백 평에 건평 80평의 2층 단독주택은 가족들의 안식처이긴 했지만, 사원들의 인건비로 돌아간다면 그들의 생계에 도움이 되지 않겠느냐는 생각이 나의 갈등을 부끄럽게 했다.

영업상무는 부도를 낸 나성사의 회장은 뒷구멍으로 돈을 빼돌려 실속을 다 차렸다며 우리만 억울하게 당한 것이라고 얼굴을 벌

젖게 붉히며 분개했다. 공장장, 인쇄공들, 제판실의 사원들은 합창하듯이 집을 헐값에 팔아서까지 인건비를 정산해준 데 대해 물기어린 목소리로 고맙다고 고개 숙이며 인사했다.

IMF의 거센 바람은 나뿐만 아니라 나라 전체를 흔들어 놓았다. 서민들은 나라 경제 살리자고 코흘리개 1달러라도 앞다퉈 외화를 내놓는데, 지도층의 사람들 중에는 환율이 올라간다는 것을 미리 알고 달러를 사들이거나 장롱 속 깊이 숨겨 놓는 경우도 있었다. 돈 있는 사람들은 높아진 금리로 더욱 잘살게 되고, 서민들은 생계가 더욱 어려워지는 한심한 세태가 됐다.

인건비를 다 정산하고 나니 작은 전셋집 얻을 돈과 얼마간의 생활비만 남았다. 인건비를 다 줬다는 홀가분한 마음이, 수 십 년간 정들었던 집을 떠나야 한다는 서글픔을 어느 정도 완화시켰지만, 가족들의 마음은 나와 달리 얼마나 서글플까 싶어 가슴이 저렸다.

큰 집에서 쓰던 고급가구들을 팔아야만 했다. 고가구집에서 인부 서너 명이 와서 가구들을 들어냈다. 아내의 살림살이 손때로 윤기가 흐르던 가구들 하나하나가 인부들의 손이 닿자마자 빛을 잃고 만다. 장롱, 침대, 응접세트, 식탁, 장식장들 모두가 숨 죽여 울고 있는 것 같았다. 속 깊은 아내는 내게 눈물을 보이지 않으려고 고개를 돌리거나 숙였지만, 빨갛게 번져있는 눈자위는 숨길 수가 없었다.

인부들이 주고받는 말이 나를 더욱 고통스럽게 했다. '모두 고급가구인데…. 고가구집에서 몇 푼이나 줬을까. 제아무리 좋은 가구라도 헌 것은 헌 것이니깐. 저 부잣집 아줌씨 이제부터 고생

문이 훤하구만. 잘 살던 사람들 가난이 뭔가 맛 좀 봐야 하제.'

　나는 가정이라는 배 안에 가족들을 태우고 노를 젓는 사공으로 살아왔다. 새벽의 여명을 뚫고 솟아오르는 태양을 바라보고, 바다를 빠알갛게 물들이는 낙조 속에서 가족들은 나의 힘찬 다리와 팔뚝을 믿으며 살아왔다. 다리와 팔이 꺾인 아버지, 남편을 불평 없이 숨 죽여 바라보는 가족들을 앞으로 어떻게 보호해 줘야 하나.

　내가 타고 다니던 승용차 V6 그랜저를 팔았다. 5년 이상 탔지만 김기사가 워낙 차를 조심스럽게 몰아 아직 성능이 좋았다. 기사를 두고 승용차로만 살아왔던 내가 대중교통을 이용해야 하는데 차비가 얼만지, 노선이 어떻게 되는지 감이 잡히지 않아 허둥대었다. 지하철 역시 환승역에서 우왕좌왕하며 몇 번이나 사람들에게 물어서 목적지에 도착하곤 했다. 좌석버스는 그런대로 괜찮은데, 일반버스는 선뜻 타지지 않았다. 버스정류장에서 버스를 기다리며 서있는 내 초라한 모습을 혹시 아는 사람들이 지나가다 볼까봐, 정류장에서 좀 떨어진 지점에 서서 몸을 뒤로 보이게 하거나 작게 움츠리며 차가 오면 재빨리 올라타곤 했다. 일반버스를 처음 탔을 때는 기사의 거친 운전으로 몇 번이나 중심을 못잡고 넘어질 뻔했다. 버스회사가 서투른 운전기사를 잘못 고용한 줄 알았다. 그러나 그 생각은 며칠이 안 가서 일반버스 운전기사는 모두 똑같다는 것을 알게 되었다.

　큰 집에 길들여져 있던 식구들이건만 작은 집에 와서도 불평 없이 적응을 잘 해나갔다. 다만 인호만은 그렇지 못한 듯, 말 없는 성격에 더욱 기가 없어 보였다. 외출에서 들어온 내가 거실 바닥에 주저앉자 아내가 "불편하시죠." 했다. 마침 TV화면에서는 지하철역에서 기숙하는 홈리스들, 무료급식소에서 줄 서있는 실직자들의 모습이 보였다. 내가 "저 화면을 봐!" 하자 아내는 "우린 대궐이란 말이죠." 하며 웃는다.

현관입구의 붙박이 신발장 위 꽃병에 꽃이 탐스럽게 꽂혀 있다. 내 시선이 꽃병에 멈춰 있는 것을 보고 아내가 말했다.

"인옥이가 쓰레기통에 버려진 꽃이 싱싱해서 주워다 꽂았어요. 그러면서 뭐라고 했는지 아세요? 싱싱한 꽃을 내다 버린 사람이 도대체 누구일까. 남자일까, 여자일까. 그 애는 어렸을 때부터 궁금해하는 것이 많았잖아요."

나는 인옥이가 맏딸답게 달라진 환경에 짓눌리지 않고 여전히 꿋꿋한 모습인 것이 대견스러웠다. 장학금을 타야 한다며 더욱 공부에 매달리고 과외수업 안내장을 만들어 아파트의 게시판, 골목마다 붙이고 다녔다. 새로운 환경에 적응하기 어려워 안절부절 못 하는 인호가 걱정이었다.

폭풍이 휩쓸고 간 배를 수선시켜 키를 잡고 항로를 찾아야 한다. 방송국에서 주관한 일자리 찾기에 나가서 두어 시간 기다린 끝에 상담을 해봤지만, 일자리 찾는 젊은 사람들이 너무 많아 기대할 수가 없다. 중소기업회관에서 실직자들 직업적성검사를 무료로 해준다기에 나가보니 그곳 역시 30, 40대의 사람들로 북적거렸다. 나는 그래도 혹시나 하는 희망으로 한나절을 기다려 신청서를 작성해 제출했지만 그 역시 기대할 수가 없다. 막노동이라도 해보려고 새벽에 봉천동 인력시장에 나가봤지만 힘 좋아 보이는 젊은 사람들만 뽑혀 갔다. 나는 되돌아와야 했다.

　　실직자들로 등산 인구가 늘어났고, 어떤 기업체장은 등산을 하면서 고용할 인재를 물색한다는 기사를 신문에서 봤다.
　　나는 혹시나 하는 희망을 가지고 등산을 시작했다. 북한산 입구에 음식점이 즐비하였고 평일인데도 많은 사람들이 산으로 올라가고 있었다. 나는 등산용구뿐만 아니라 일반잡화도 팔고 있는 점포 안에 들어가 물 한 병을 샀다. 양복으로 정장을 한 30대의 젊은이가 점포로 들어와 안쪽의 문을 열고 들어가더니 잠시 후에 등산복차림으로 나왔다. 마침 점포 안으로 들어오는 등산복 차림의 60대가 구면인 듯 미스터양복이라 호칭하며 알은체를 한다. 60대의 남자가 나를 보자 아래위로 재빠른 눈길로 훑었다.
　　"선생, 오늘 처음 오신 것 같소. 밥을 안 싸왔음 김밥이라도 사 갖고 가야해요. 산 중간에 음식 파는 데가 없소이다."
　　나는 그의 말대로 김밥이며 먹을 것을 사서 배낭에 넣었다.
　　우리 세 사람은 자연스럽게 어울려서 점포를 나와 산을 향해 걸었다.
　　두어 시간 오르다 보니 점심시간이 되었다. 산중턱에 널찍한 바위가 보이자 60대 남자가 익숙하게 배낭을 벗어 그 위에 놓으며 말했다.
　　"자 이곳에서 점심을 먹읍시다."
　　세 사람은 바위에 앉아서 제각기 배낭에서 먹을것을 꺼내 놓았

다. 김밥, 물병, 우유, 오이, 치즈, 귤 등이 순서 없이 놓여졌다. 60대 남자는 흐뭇한 듯 바라보더니

"이만하면 진수성찬이란 말이오. 참, 그런데 우리 통성명도 안 했는데 선생은 어떤 일을 하는 분이오?"

나는 잠시 머뭇거리다 말했다.

"현재 쉬고 있으면서 뭘 해볼까 찾고 있는 중입니다."

60대 남자는 내 말에 반가움을 눈 속에 담고 안주머니에서 명함 한 장을 꺼내 주었다.

"허 그래요? 난 조그만 사무실을 갖고 착실하게 사업하는 사람이오. 내 사무실에 한번 오시오. 도움이 될지 누가 아는가 말이오."

나는 그의 명함을 들여다보았다.

'성신개발기업사, 대표 신맹호.'

"전 이경식입니다. 앞으로 잘 부탁합니다."

"앞으로 우리 서로 잘 해봅시다."

신사장은 내게 손을 내밀며 악수를 하고 나서 30대의 젊은이를 향해서 던지듯 말을 한다.

"오늘도 양복 입고 산으로 출근한 것을 보니 아직도 마누라한테 말을 못 한 모양이지?"

"저를 능력 있는 남편으로 하늘처럼 믿고 있는 처의 얼굴을 보면 해고당한 사실을 차마 털어놓을 수가 없어요. 오늘은 집에 들어가 머뭇거리지 않고 꼭 실토할까 합니다. 그래도 전 다행히 퇴직금을 받은 행운아지요. 해고자들 중에는 퇴직금은커녕 고용보험 실업급여 혜택을 받지 못한 자활보호자가 수두룩해요."

"신문엔 88만 2천 명이나 된다고 났지만 아마 사실은 그 이상이 될 거란 말이오. 양복 입고 산으로 출근하는 일 그만 때려치우고 내 사무실에 와서 시간 보내도록 하시오. 그러다 보면 일할 기회가 생길 수도 있지 않겠소. 자 우리 밥이나 먹읍시다. 억장이 무너지는 세상에 몸뚱이라도 잘 추슬러야지."

김밥 덩어리를 집어넣고 씹는 신사장의 입이 탐스럽고 의욕적으로 보였다.

아내는 내게 말을 하지 않지만, 수입 없이 매월 생활비로 쓰다 보니 남은 돈이 이제 바닥이 난 것 같았다. 아침에 등교하는 인호와 아내가 5천원으로 실랑이를 하는 걸 봤다.

나는 과거 내게 신세를 진 친구를 찾아가서 도움을 청해 보기로 마음을 다졌다. 이제 더 이상 망설일 수가 없다. 친구에게 전화를 하였다. 오후에 만나 그의 안내로 고깃집에 가서 술 한잔을 하였다. 친구는 재벌기업의 부도로 직격탄을 맞은 내 사업체의 부도가 너무 억울하다며 분개하는 것으로 나를 위로했다. 그리고 나서 내가 뭐라고 하기도 전에 요즈음 자신의 어려운 사정을 속사포처럼 빠르게 말해 나갔다.

외국서 주문은 들어오는데 원자재 살 돈이 없어서 중소기업 살려준다는 정부의 정책을 믿고 은행에 신용장을 가져가도 융자가 안돼 죽을 맛이라고 했다.

자네 신세를 많이 졌는데 사람 노릇을 못하니 죽고 싶은 심정이라며 곧 눈물이 쏟아질 것 같은 얼굴을 했다.

우리는 술을 꽤 마셨고, 고깃집을 나서자 나를 택시에 태우더니 2만 원을 차비로 내 무릎에 던져주고 갔다. 나는 얼굴에 열기가 확 올라 창문을 열었다. 들어온 바람에 만 원 한 장이 바닥에 떨어졌다. 나는 허리를 굽혀 돈을 줍다가 구석에 손잡이가 달린 남자의 탱탱한 검은 지갑을 발견했다.

나는 그 자리에 그대로 둘까, 기사에게 말할까 망설이는 중에 불현듯 떠오른 불순한 생각으로 술기운이 확 가시면서 심장이 뛰기 시작했다. 기사가 눈치 챌까봐 소리 안나게 천천히 지퍼를 열고 기대감으로 안을 들여다봤다. 1백 달러짜리 수십 장, 1만 엔짜리 수십여 장이 들어 있었다. 나는 지갑을 잠바 주머니에 쑤셔 넣고 전철역 표지가 멀리 보이는 지점에서 택시를 세웠다. 나는 뭔가에 쫓기듯 허둥대며 지하철 계단을 내려가서 화장실을 찾아 들어갔다. 뒤따라 들어온 남자를 보고 놀랐지만, 그는 나에 대해 무관심한 채 소변을 본다. 나는 안심하고 대변실 안으로 들어가 숨을 한 번 들이마신 뒤 떨리는 손으로 지갑의 지퍼를 열어 돈의 액수를 세어봤다. 미국 돈 5천불, 일본 돈 60만엔, 한국 돈 20만 원이 들어 있었다.

내가 지금 무슨 짓을 하고 있지? 미친 짓이야. 정신 차려. 머리가 어지럽고 손끝이 떨려 뚜껑 덮인 변기 위에 풀썩 주저앉아 눈을 감았다. 잠시 후 어지럼증이 가시자 지갑 속의 몇 장의 카드와 주민등록증을 꺼내 보았다. 50대 남자의 사진 옆에 이름 박영대, 집 주소는 용산구 한남동으로 기재돼 있었다.

나는 많은 돈을 횡재했다는 흥분과 주인을 찾아줘야 한다는 갈등으로 한참을 화장실 안에서 서성거리다 밖으로 나왔다. 차를 타지 않고 집을 향해 천천히 걸으면서 내 행동이 범죄일 수도 있다는 죄책감에서 벗어날 수가 없었다.

1천 5백여 만 원 때문에 지금껏 열심히 가꾸어온 나의 자긍심이 무너져도 괜찮단 말인가. 자긍심이 뭔데…, 결국 현재 무너져 내리고 있지 않은가. 뭘 망설여, 그러나 이건 추락이야. 그 추락을 얼마만큼 자긍심의 날개로 버틸 수 있단 말이냐.

나는 아버지의 일기장을 덮고, 한참 숙연하게 눈을 감고 있다가 결국 울고 말았다. 우리 가족들 앞에서 항상 당당하고 크게만 보이던 아버지의 이렇게 작고 움츠러진 모습에 가슴 저린 아픔이 왔다. 그러나 그 모습은 나의 아버지만의 모습이 아닌 오늘을 사는 모든 아버지들의 모습이라는 데에 생각이 미치자 저린 가슴의 통증이 좀 풀어지는 것 같았다.

박영대를 찾아서 돈을 돌려주라는 편지의 미스터리는 풀렸다. 그러나 아버지의 죽음이 사고사인지 스스로 선택한 죽음인지 그에 대해서는 역시 일기장이 말해줄 것이다.

흥분과 불안으로 허둥대며 들어오는 나를 보고 아내는 전에 없이 생기 있는 얼굴로 나를 맞이했다.

나는 찬물 샤워로 흥분을 가라앉히고 평소와 같은 모습으로 되돌아왔다. 아내는 인삼꿀차를 내 앞에 갖다 놓으며

"요즘 유행하는 간 큰 남자 시리즈가 이제 간 큰 여자 시리즈로 바뀌었어요. 제일 간 큰 여자가 어떤 여잔지 아세요?"

내가 모르겠다는 표정으로 쳐다보자,

"가만히 앉아서 남편이 벌어다주는 것 받기만 하는 여자, 바로 나 같은 여자예요."

아내의 입가에 씁쓸한 웃음기가 맴돌았다. 우리가 결혼하기 직전 식품영양과를 졸업한 아내는 S종합병원에서 영양사로 일하고 있었다. 나는 결혼과 동시에 직장을 그만두게 했다. 결혼한 여자가 직장을 갖는 것은 남편의 체면을 흠집 내는 일이라 생각했다. 그 당시 대부분의 여자들은 능력 있는 남자를 만나 집안에 편하게 들어앉아서 남자가 벌어다주는 돈으로 살림만 하는 것을 여자의 제일의 행복으로 자랑스럽게 생각했다. '여성은 결혼하고 난 뒤 사랑 때문에 더 이상 일하지 않고, 남성은 사랑 때문에 두 사람 몫의 일을 한다' 라고 어느 작가가 말했는데 그것이 우리들의 부부상이었다.

아내는 일자리를 얻었다며 자랑스럽게 말했다. 호텔업계에 많이 알려진, 폭력배를 끼고도는 대부격으로 팔십이 넘어 몸이 불편한 장회장의 음식 담당으로, 말하자면 찬모로, 많은 후보들 중에서 친구의 추천으로 뽑혔다는 것이다.

이름이 좋지 반찬 만드는 파출부나 다름없다는 생각에 난 반대했다. 그뿐만 아니라 능력 있는 가장이 무능한 가장으로 취급받게 된 현실을 받아들이기가 죽기보다 싫었다.

아내는 단호한 결의를 눈 속에 담으며 완강히 말했다.

"열흘 굶어 군자 없다고 했어요. 시속을 따라 살아야지 앞으로 어떻게 살려고 해요."

열흘 굶어 군자 없다는 아내의 말이 참 옳은 말이라는 생각이 들면서 주운 돈에 대한 죄책감에서 벗어날 수 있었다. 됐다. 돈을 쓰자. 아니 임시 빌려 쓰는 것이다.

나는 다음날 지갑 속의 각종 카드, 주민등록증과 함께 편지를 써서 보냈다. 나는 수사물에 나오는 범죄자가 된 것이다. 범죄자가 되지 않기 위해서는 이 돈으로 재기해야 한다.

'박영대 선생님, 진심으로 죄송합니다. 주민등록증과 카드들은 보내드리고 현금은 절실한 사정으로 유용하게 쓰겠습니다. 꼭 갚겠습니다⋯.'
— 열흘 굶어 군자가 없다는 속담의 주인공으로부터

나는 신맹호의 명함을 찾아서 전화를 걸고 찾아갔다. 20평 정도의 사무실. 깨끗한 책상 위에 놓인 컴퓨터 앞에서 20대의 젊은 남녀 사원들이 부동산 자료들을 입력하고 빼내고 있었다. 한쪽 벽면에는 전국 토지지적도와 서울시 전역도가 걸려있고, 다른 벽면에는 강원도 평창 콘도 설계도가 크게 걸려 있다.

대표이사 신맹호란 명패가 놓인 큰 책상 앞에서 통화 중이던 신 사장은 서둘러 통화를 끝내고 반갑게 나를 맞이했다.

사무실 분위기가 활기 있게 돌아갔고 미스터 양복을 그곳에서 만났다. 그의 투자액 이익금 중 일부를 타가는 날이라고 했다.

신사장은 자신의 사업이 IMF 시대에 딱 들어맞는 사업이라 했다. 모두 어려우니까 상가나 업소에 싼 매물이 많다고 했다.

"마침 논현동에 보증금 2천만 원, 권리금 5천 ~ 6천 만 원짜리 30여 평의 호프집이 나왔는데 권리금 대신 내가 가지고 있는 임야 물건으로 보증금 2천 만 원만 얹어서 맞바꿀 수 있는데 한번 투자해 보겠소?”

나는 신사장의 말을 선뜻 이해하지 못했다.

“그렇게 맞바꿔 가지고 그 업소를 잘 운영하면 권리금을 많이 받고 넘길 수 있단 말이오. 내가 가지고 있는 임야물건이 1만 평이래야 평당 몇 백 원에 구입한 것인데 현재 가격으로 몇 천 원부터 몇 만 원짜리로 만들면 되는 것이 이 바닥의 불문율이오. 어디 내가 한두 번 해본 장사요? 이 바닥에서 그래도 신용 있는 사람으로 소문 나서 이런 불경기에도 사무실을 굴리고 있지 않느냐 말이오.”

권리금 대신 내놓은 임야의 가격을 턱없이 부풀려 상대를 속이는 행위에 내 양심이 주저하게 만들었다. 그러나 현재 양심의 가책을 따질 만한 여유가 내게는 없다. 절박한 입장이 그 양심을 애써 눌렀다. 권리금에 대해서도 불확실하지만, 신사장이 그 분야의 전문가라는 점에 믿음을 걸어 보증금 중 일부인 1천만 원을 투자하기로 했다.

신사장과 나는 호프집에 가 봤다. 호프집 주인은 여자였다. 급한 돈 쓸 일이 있어서 호프집을 급하게 내놨다고 했다.

나는 다음날 1천 만 원을 신사장에게 주었다. 신 사장은 자신의 돈 1천 만 원을 합한 2천 만 원과 임야토지권리증을 호프집 주인에게 넘겨주면서 계약을 했다. 나는 호프집을 둘러보면서 이제 3일 후면 이 업소의 주인이 되어 운영할 생각을 하니 가슴이 벅차 올랐다. 신사장의 업무수완에 감탄했고 고맙게 생각됐다. 고마움의 뜻으로 사양하는 그를 일식집에 데리고 가서 식사와 술을 대접했다.

3일 후 신사장과 같이 호프집 영업을 인수하기로 돼 있어 사무실에 나가 보니 문 앞에 10여 명의 사람들이 웅성거리고 있었다.

사무실 안에는 젊은 사원들, 책상, 컴퓨터는 보이지 않고, 쓰잘 데 없는 집기와 쓰레기통을 누가 발로 찼는지 내용물이 쓰레기장처럼 널려 있었다. 사람들 속에 있던 미스터 양복이 창백하게 질린 얼굴로 나를 보더니,

"선생님 얼마나 당하셨습니까? 저는 퇴직금 중 이천 만 원을 당했습니다. 처음 천만 원을 투자했더니 이익금 배당이라며 이백만 원을 주는 맛에 천만 원을 더 투자했습니다. 오늘 배당금을 주는 날이라 나왔는데 깨끗이 당했습니다."

하고는 사무실 바닥에 주저앉았다. 나 역시 두 다리에 힘이 빠지고 눈앞은 막이 드리워진 것처럼 아무것도 보이지 않았다. 피해자들이 신맹호의 이름을 들먹이며 거친 욕설들을 퍼부었지만 무슨 소용이란 말인가. '신맹호란 이름도 가짜고 주민등록증도 가짜인 왕사기꾼한테 우린 걸려들었습니다.' 피해자 중 누군가 말했다.

하긴 남의 돈 주워서 돌려주지 않고 내 돈처럼 쓰고 다닌 나나, 그런 돈을 사기 친 신맹호나 오십보백보 아닌가. 나는 자조하듯 웃음이 나왔다.

그래도 혹시나 해서 논현동 호프집에 가 보았다. 호프집에 여자가 보이지 않고 40대의 남자가 있어 나는 주인 여자를 찾았다.

"제가 이 호프집의 주인입니다. 선생님도 피해자시군요. 벌써

몇 사람이 다녀갔습니다. 장사가 잘 안돼서 문 닫으려고 했는데 아, 그 여자가 한 달만 월세로 달라며 월세와 관리비를 선불로 내놓아서 저야 좋다고 빌려줬죠. 1개월 월세 계약서에 쓴 그 여자의 이름, 주민등록번호가 모두 가짜예요, 알아보니.”

호프집을 나온 나는 허탈한 심정으로 남산에 올랐다. 옛날 총각 때 아내와 데이트하던 장소가 남산이었다는 기억이 뒤늦게 떠올라서라기보다, 평일에 사람이 적은 벤치에 앉아서 뭔가를 생각해 내야 했기 때문이다. 그런데 생각은 떠오르지 않고 내가 호프집이나마 하게 됐다며 좋아하던 가족들의 얼굴이 영화의 플래시 컷이 되어 나타났다. 파출부로 나가겠다는 아내, 능력 있는 최고의 아빠라고 믿고 있는 인옥, 다시 옛날처럼 살고 싶다며 용돈에 갈증을 느끼는 인호.

무엇이 나를 무력자로 만들었을까. 경제파탄이 인간을 얼마나 무력화하고 인간의 자긍심을 잃게 하는지, 자긍심을 잃어버린 나는 사회적 패배감 속에서 분노만을 키워야 하는지….

오랜 시간 자연이 던져준 햇빛, 바람 속에서 움직이지 않고 생각에 생각을 거듭했다. 생명력이 투명한 봄 기운이 새로운 메시지를 전달했다.

가족의 생계를 책임지는 아버지, 남편만이 떳떳하다. 그 책임을 다하지 못하는 것은 살아있는 죽음이다. 살아있는 죽음보다는 죽어야 살아나는 길이 내겐 있다. 목표가 있는 죽음을 선택해야 한다. 나의 죽음은 목표를 지녔기 때문에 그 목표를 위해 마땅한 때에 죽어야 한다.

그것은 비극이 아니라 행운일는지 모른다. 죽음의 평화가 느껴짐으로써 비로소 삶의 리얼리즘에 도달한다고 말할 수 있으리라. 짜라투스트라는 '죽어야 할 때 죽어라. 내가 바라는 까닭에 찾아 드는 자유로운 죽음을⋯.' 죽음을 향해 자유이고 죽음에 있어 자유이다.

내가 사고지점으로 가서 아무도 모르게 준비해 놓은 돌을 밟으면 내 몸무게로 돌은 내 몸을 안고 낭떠러지로 떨어질 것이다. 나는 실족사고사로 처리되고 거액의 보험금은 나의 날개가 되어 죽음을 향해 자유롭게 날아갈 것이다.

나는 아버지의 일기를 다 읽고 나서 가족들이 몰랐던 아버지의 고뇌에 대해 울음으로도 씻어낼 수 없는 아픔을 느꼈다. 아버지는 가부장제의 남자라는 과대평가된 허상 속에서 결국 패배자가 되지 않기 위해 죽음을 선택했다. 남자들이 지금까지 누려왔던 가부장제도의 혜택이 경제 환란을 겪으면서 이제는 남자들을 억누르는 짐이 되었다.

밤하늘의 별들처럼 깨알 같은 신문의 활자들이 매일 시장경제다, 세계화다 말하면서 IMF로 사람을 죽인다. 아버지와 같은 수많은, 끝없이 많은 일상 속의 사람들이 밤하늘의 별처럼 스러져 갔을 것이다. 그렇다고 지금은 어떤 혁명으로 대책을 세우는 시대도 아니다. 그렇게 될 수도 없다. 아버지 같은 이들의 낭패는 나름의 청산에 따라 아마도 비로소 영원으로 이어지는 부활을 한다고 믿고 싶은 생각이 든다.

아버지는 목표 있는 죽음은 결코 죽음이 아니라 날개가 되어 자유롭게 날아가는 것이라 했다. 그러나 가족의 부양을 떠맡고 사는 오늘의 아버지상이 이 시대에 맞는 인식 속에서 새로운 아버지상으로 탄생되어야 할 것이다.

 죽음과 부활이 가득한 이 세상을 숨쉬며, 어머니와 동생과 나는 남아있다.

자유로운 존재와 그 욕망에 대하여
— 민봉기 소설집 '쉼표의 욕망'

오윤호(문학평론가)

인간에게 있어 '살아가는 욕망'은 무엇인가? 생각하는 존재, 인간이 가지고 있는 욕망이란 그 종류도 다양하고 복잡하기 그지없다. 하루하루를 살아가는 일상의 변화도 다양하고 사람들과의 관계도 역시 다양하기에 '살아간다'는 것과 '욕망한다'는 것은 서로 분리할 수도 그렇다고 똑같다고도 할 수 없는 것이 현실이다. 바로 그 '살아가는 것'과 '욕망한다는 것'에 대한 지적 성찰과 고통스러운 인식이 '쉼표의 욕망'에 고스란히 담겨있다.

그럼에도 불구하고 남녀간의 성적 욕망이 만들어내는 사회사란 그리 쉽게 조명될 수 있는 것이 아니다. 이성에 대한 사소한 관심에서부터 지독한 사랑의 열병, 폭력적인 성관계 등 그 유형을 나누는 것 자체가 어려운 것이 인간의 '성'이다. 민봉기 소설은 바로 그러한 다양한 성적 현상에 대해 서술하고 있다.

남녀간의, 그리고 부부간의 감정적 다양성은 민봉기 소설의 가장 큰 특징이다. 민봉기 소설집은 바로 그 지점에 서서 '사랑' '불륜' '연애' '외도' '근친상간' '자살' 등을 소설의 주요 소재로 다루면서 재현의 전면에 내세우고 있다. 등장 인물들의 나이도 20대에서 60대까지 다양한 사회적 지위와 성격적 특성을 가지고 있으며, 그들이 품는 성적 관계에 대한 의미화도 '순정' '자기연민' '숭고한 사랑' '한 순간의 감정적 실수' '육체적 쾌락' 등 여러 감정적 가치를 가지고 있다. 그러나 작가의 시선은 단지 성적 일탈이 만들어내는 달콤한 흥분과 즐거움에 치우치지 않고 있다. 작가의 소설들은 그것을 사회적 의미와 개인적인 욕망의 가치로 재해석하고, 한 사회가 한 개인에게 부과하는 혹은 억압하는 힘에 대해서 사유하려고 한다.

민봉기 소설은 사적 욕망과 공적 윤리를 반복적으로 대립시키면서 한편으로는 상호소통하게 만듦으로써 우리 시대의 성풍속과 폭력적인 사회제도에 대해 문제를 제시하면서 그 윤리적 이해에 대한 지평을 제시하고 있다.

'포르노그라피적' 양상들

민봉기 작가의 소설은 포르노그라피적인 특성을 가지고 있다. 작가의 소설들에 나타난 성적 표현은 정교하고 극적이기에 독자의 마음을 들뜨게 한다. '그는 그의 그림 터치와 같이 내 몸에서 느리고 부드러운 운율적 흐름과 빠르고 강한 리듬의 대비로 우주의 자유로운 선의 생동감, 물질적 문화를 넘어

선 자연의 거친 질감을 토해 내고 있었다.' (쉼표의 욕망)나 '여
자는 수동적으로 키스를 받기 보다는 적극적으로 타액을 빨아
들이며 키스하기를 좋아하는 여자가 되어 남자의 키스에 뜨거
워져 갔다.' (제2의 존재)와 같이 성적 결합을 타인의 육체에
대한 몰입이면서 새로운 존재성을 각인하는 과정으로 묘사한
다. 즉 일상적인 '몸'과 관념화된 '여성'을 재해석하고 그 경
계를 넘어서서 그 극단성을 드러낸다는 점에서 '포르노그라
피' 적이다.
　특히 이러한 표현은 회화적이고 미학적 서술을 통해 극대화
된다.

　　이 넓은 우주 속, 지구 땅에서 우리 두 사람이 화폭
이 아닌 모텔의 밀폐된 방안 침대에서 그의 그림에서
처럼 그와 나는 양기상과 음기상을 구축하고 전개시
켜 새로운 생명성을 유출했다. 그는 그 특유의 생명
성의 마술사가 되어 마술적 선의 여러 요소를 내 몸
공간 안에서 자유자재로 진행시켰다. 우리는 마침내
양기상과 음기상과의 조화의 극치를 이뤄냈다. 나는
생명성 속에서 새로운 여자로 태어나며 울음을 토해
냈다.
　　그의 그림에서 음의 기상은 양의 선으로 투시되어
나타났고 선이 상대적 공간으로 나타날 때 상충하면
서 상생을 강하게 요구한 것과 같이, 그는 나의 여성
성을 자신의 남성성으로 투시하며 지금까지 감춰져

*있던 나의 성감을 깨웠다. 힘차게 발기한 양기성이 가장
강렬한 터치로 음기성에 원색을 덧칠했다.*

　　　　　　　　　　　　　　　　— '쉼표의 욕망' 중에서

　남녀의 성적 결합은 '양기상과 음기상과의 조화의 극치'로 표
현되면서 한 우주 속에서 양의 기상과 음의 기상이 되어 서로 강
렬하게 '덧칠해' 진다. 사회적 지위와 인간의 도덕적 가치는 우주
적인 회화 속에선 아무런 의미도 없다. 촉각적 감각으로 경험하
는 성적 감각은 즉물적인 시각적 대상으로 드러나면서 독자의 시
선을 압도한다. 그러나 이러한 해석은 관념적 성을 감각적이고
현상적으로 재현하면서도 한편으로는 또다시 관념화하는 감이
없지 않다.
　남녀 간의 성에 대한 회화적 상상력은 '나날의 자살'에도 나온다.

　*그를 우울증에서 구원할 수 있는 길은, 육체의 쾌락을
거리낌없이 추구했던 그로서는 여체의 그림을 통해서
만 유일하게 치유될 수 있다고 생각했다.*

　*여체에서 오는 즐거움으로 르누아르나 마티스처럼 부
드럽고 사랑스런 윤곽을 찾을 수 있을 것 같았다. 그는
내가 바라던 것과 같이 정이의 육체에서 신비한 생명의
힘, 율동적인 선, 욕망을 일으키는 성의 오르가슴뿐만
아니라 그림의 오르가슴도 느꼈을 것이다.*

　　　　　　　　　　　　　　　　— '나날의 자살' 중에서

　'실패한 거인의식의 희생물'인 남편을 우울증으로부터 구원하기 위해 '여체'를 선물하는 아내는 그들의 관계를 지켜보면서 '성의 오르가슴'과 '그림의 오르가슴'을 동일시한다. 성적 쾌락은 여체의 그림으로, 그것은 다시 르누아르나 마티스의 그림들로 환원된다. 선의 움직임 속에서 미적 쾌락과 성적 쾌락을 동시에 경험한다. 그래서 성을 신비화하고 그것에 과도한 의미를 부여함으로써 성에 대한 환희와 비극성을 위선적으로 보여주고 있다.

　이렇듯 주인공들이 나누는 성과 관련된 대화들은 '지적'이다. '쉼표의 욕망'에서 그림 속 '선'을 음과 양의 문제로 바라보면서 남녀 간의 사랑이란 음과 양으로 살아가는 우주 속에서는 당연한 일임을 철학적으로 서술한다. '비너스의 부활'에서도 '쾌락은 악을 낳는 미끼'라는 플라톤의 말을 인용해 노년의 성이 가지고 있는 인류학적인 이해를 구하고 있다. 성이란 필부가 즐기는 상투적이고 저열한 배설의 욕망이 더 이상 아니다. 예술과 철학 그리고 성으로 이어지는 인간의 욕망을 풀어내며 작가는 보다 정교한 자신만의 성윤리를 구축하려 하는 것인지도 모른다.

　이렇게 작가는 일부일처라는 가족제도에 문제를 제기하며, 보다 생물학적으로 그리고 철학적 인식론과 예술적 욕망에 기대어 '통속' 속에서 한 개인의 성적 자유가 가지는 의미를 추적한다.

가족이라는 운명적 멍에

　한편 기존의 가족관계를 문제시하며 부부간의, 부모 자식간의 윤리를 파괴할 만큼의 파격적인 소재와 플롯을 가지고 있다는 점에서도 민봉기 소설은 포르노그라피적이다. '쉼표의 욕망'에서는 정상적인 중산층 가정의 주부가 불륜을 새로운 인간관계로 인식하고, '나날의 자살'에서는 정치적 좌절과 예술적 감수성, 그리고 죽음에 이르는 처절한 인간의 삶이 성적 욕망의 시선에 따라 교직된다. 특히 '제2의 존재'의 경우 아버지의 불륜으로 인해 남매가 근친상간을 하는 내용마저 다루고 있다. 성적 욕망은 한 사람이 품을 수 있는 사적 욕망의 경계를 넘어 사회 윤리를 위협한다. 작가의 소설들은 '성적 욕망' '외도'라는 이 시대의 문화적 약호들이 한 사람의 운명과 가족관계, 그리고 정치 사회적 담론장에서 다양한 방식으로 변주되고 재의미화되는 과정을 보여준다.

특히 소설 속에서 욕망과 은원, 운명으로 구체화되는 가족 혹은 가족관계는 한 개인의 삶과 깊이 연루되어 있다.

너무 오랫동안 분노 한 가지에 집착해서 어린 경주에게 혼란한 감정을 때때로 보임으로써 무방비로 상처를 받아야 하는 경주가 가엾기도 했습니다. 경주에게 자애로운 아버지상을 보여주지 못한 점이 가슴 아픕니다. 이제 와서 생각하니 내 인생에서 가장 후회스런 실패는 아내의 불륜이 아니라 아내를 용서하지 못하였다는 것입니다.

당신을 진심으로 사랑하였다면 용서를 했어야 했습니다. 용서가 사랑의 본질이라는 핵을 외면한 채 살아온 지난 20여 년간의 나날이 후회됩니다. 이제 당신을 진심으로 용서합니다.

— '시간의 배반' 중에서

아버지의 유언 내용은 한 번의 실수로 다른 사람의 아이를 낳은 어머니를 용서하고 있다. '유례없는 도도한 개인주의자' 인 사르트르를 동경했던 '경주' 는 자신이 어머니와 한 한의사와의 우연한 만남을 통해 태어났다는 사실을 접하고 충격에 빠진다. 자신의 자유로운 의지와 욕망으로 삶을 만들어가려고 했던 한 여대생에게 있어 가족사에 얽힌 운명은 실존 그 자체를 붕괴시키는 힘을 가지고 있다. '쉼표의 욕망' 의 경우 남편 있는 여자가 새로운 사랑과 육체적 쾌락에 빠져드는 과정을 오래 전에 불륜을 통해 외면할 수밖에 없었고 그래서 다시 그 아이를 찾는 한 여인의 삶과 대비시켜 놓았다. 그러면서 어머니로부터 딸에게로 흐르는 '외도' 의 유전은 비극적 현실 그 자체를 형상화한다. 두 소설 다 성인이 된 딸들이 '우리 인간들이 따라야 할 계율 같은 것들이 얼마나 허구적인 것인가' (시간의 배반), '이제 여자들의 외도는 여자들에게만 강요한 — 정조는 여자의 생명이다 — 이 규율에 대한 자연발생적인 거역이 아닐까?' 등의 자기 반성적인 질문을 던짐으로써 어머니들의 삶을 이해하고 자신들의 삶을 추스르고 있다. 여성의 삶과 그 욕망의 발현에 대한 작가적 진술은 우리 시대의 여성과 그들의 성담론에 대해 다시금 생각하게 만든다.

'쉼표의 욕망' 과 '시간의 배반' 에서 가족 구성 과정에서의 갈등이 딸들의 이해를 통해 극복된다면, 남자와 여자 사이에서 벌어지는 '외도' 는 '가족 보존' 이라는 보수적인 결론을 이끌어낸다. '비너스의 부활' 은 가정이 있는 남자와 외도를 하던 남편과 이별한 여자가 만나 황혼의 로맨스를 즐기는 내용을 다루면서,

서로가 깊은 성적 즐거움과 존재의 숭고함을 느끼면서도 '가정으로 돌아가려는 남자를 그의 아내 곁으로 보내야 한다'라고 말하는 여자의 서술을 통해 '가정'이라는 이데올로기를 옹호하고 있다.

> 남자가 자신과 사랑을 나눌 때, 사랑한다고 한 말은 자신의 벅찬 희열을 표현한 단순한 장식어일 뿐이라는 것에 생각이 미치자, 여자의 열정이 식어졌다. 한때 여자의 열정이 남자의 이기심을 감싸 안고 같은 공모자가 되었었지만, 이제 열정이 식어지면서 공모자가 될 수 없었다. 채울 수 없는 사랑에 매달리는 것은 집착이 되기 쉬웠다. 가정에 대한 남자의 사랑과 책임감이 자신에게 쏟은 장식품적인 사랑보다 더 크고 근원적이므로 그를 아내 곁으로 보내야 한다.
>
> — '비너스의 부활' 중에서

중년의 이혼녀는 새로운 사랑과 함께 새로운 가정을 꿈꿨지만 상대방 남자는 가정을 지키겠다고 못박아 말한다. 거품에서 태어난 사랑의 여신 비너스의 사랑은 덧없는 것이며, 침대 위의 사랑은 지독한 사랑을 불러 일으키지만 '비너스 호텔'을 벗어날 수 없다. '외도'를 통한 사랑은 사랑일 뿐, 한 사회가 구축해 놓은 가족이라는 경계 속으로 들어갈 수 없다. 인물들의 가족 보전에 대한 욕망은 다른 소설 속에서도 나온다. '시간의 배반'의 경우 다른 남자의 아이를 밴 아내를 저주하면서도 헤어지지 않고 고통스럽

216

게 살아가는 남편과 또 그 인고의 시간을 참회하며 견뎌내는 아내
가 나온다. 일시적인 성적 일탈로 가족의 틀을 깨뜨릴 수는 없었
던 것이다. '나날의 자살'은 정치적인 문제로 폐인이 된 남편의
원기를 북돋아주기 위해, 한편으로는 가족을 지키기 위해 아내가
직접 남편에게 섹스 파트너를 소개하는 내용을 다루고 있다. 이
러한 이야기들 속에는 '사랑을 하고 가족을 가지고 아이를 낳고'
등 근대 가족 구성의 신화에 대한 맹목적 추종이 없는 건 아니다.
도발적인 성적 상상력과 부부가 아닌 다른 이성에 대한 성적 호기
심과 욕망과 대립하는 가운데, 유일한 삶의 가치를 지니고 있는
곳, 유일한 타협지점은 또한 '가족'인 것이다. 이렇듯 '가족'이란
민봉기 작가의 소설 속에서 개인의 욕망을 재해석할 수 있는 공간
이면서, 기존의 사회적 억압 기제를 인식할 수 있는 대상이기도
하다.

아버지란 이름의 의미

이러한 가족에 대한 인식은 '아버지'에 대한 인식 속에서 보다
구체화된다. '천도제'와 '아버지의 날개'는 다른 소설들과는 달
리 6·25 전쟁과 IMF 경제 위기를 소재로 다루면서 아버지 세대
의 '위기 의식'을 사회 문화적 차원에서 서술하는 소설들이다. 사
실 앞에 서술한 소설들이 90년대 이후 문화적 개방과 관련한 통
속적인 사회 풍경을 다루면서 개인의 욕망이 타인과의 관계와 사
회 윤리 안에서 어떻게 재해석 가능한 것인가를 인식론적으로 풀
어냈다면, 이 두 소설은 시대의 아픔을 고스란히 자신의 의식 속
에 기록한 두 아버지의 '삶'을 추적함으로써 사회의 거대 담론과

맞선 한 개인의 존재론적 의미를 밝히려고 한다.

‘천도제’는 6 · 25 전쟁 때 강요에 못이겨 경찰을 죽일 수밖에 없었던 빨치산 외할아버지에 대한 이야기다. 현재의 시점에서 서술자는 함양군 거망산 원주사에서 죽어간 영혼들을 위한 ‘천도법회’에 참석하게 된다. 그 와중에 6 · 25 전쟁 피난 과정에서 자신의 가족을 피신시켜주었던 경찰 가족 이야기와 고생 끝에 만난 아버지가 그 경찰 가족의 아버지를 죽이는 일이 회상수법으로 서술된다. 소설은 ‘위령제’라는 죽은 자를 위한 의식과 아무런 정치적 의식도 무장하지 않은 한 개인이 ‘거대 담론’에 휩쓸린 비인륜적인 행위라는 두 가지 내용에 초점이 모아져 있다.

　　“빨리 선택하시오. 동무가 반동 새끼를 처단하던가 내가 동무의 처를 처단하던가.”
　　그가 자신의 총을 꺼내 손에 들었다.
　　아버지의 발걸음이 허둥거리며 아저씨 쪽으로 걸어갔다. 아저씨를 향해 총을 겨눈 아버지의 손이 떨고 있었다. 몸도 떨었다. 순간 총소리가 나고 아저씨가 쓰러졌다. 붉은 피가 목에서 뿜어져 나와 주위를 빨갛게 적셨다. 주위의 상수리나무, 소나무, 떡갈나무에서 낙엽이 우수수 떨어져 바람에 휘날렸다. 동생은 어머니에게 소리지르며 안겼고, 아주머니는 실신해서 쓰러졌다. 아버지는 총을 잡은 손을 내리고 그 자리에서 꼼짝 않고 서 있었다. 두 남자는 먹을것을 챙겨 들고 아버지에게 빨리 가자고 재촉했다. 아버지는 떠나면서 우리 가족들을 바

218

라봤다. 바라보는 그 눈 속에는 사람을 죽였다는 죄의
식, 가족에 대한 안도감, 자신에 대한 절망감이 들어 차
있었다.

— '천도제' 중에서

　아버지(서술자에게는 외할아버지)는 같은 빨치산의 폭언 앞에
서 자신의 가족을 피난시켜준 가족의 아버지를 죽인다. 형제간의
싸움이 아니라 아버지와 아버지 사이의 정치적 갈등 속에서 한 아
버지가 죽게 된다. 그러나 죽은 자만이 아니라 산 자 역시 방아쇠
를 당긴 순간 죽은 것이나 마찬가지다. '사람을 죽였다는 죄의식,
가족에 대한 안도감, 자신에 대한 절망감' 이라는 감정적 태도들
은 그 자신뿐만 아니라 그 순간 그 공간에 있었던 모든 사람들의
삶이 순탄치 않았을 것이라는 점을 확인할 수 있다. '죽음' 이 일
어난 시점과 천도제가 일어나는 시점 사이에 놓인 모든 시간들은
잠들지 못한 죽은 자들에 대한 기억과 회한으로 살아 남은 자들의
영혼을 고통스럽게 만들기에 충분하다. 마지막 부분에서 '도대체
이념이란 뭣이란 말이냐?' 라는 화두와 같은 어머니의 말은 바로
그 이념적 정치의 사회에서 국가 체계 속에 살고 있기 때문에 결
코 서술할 수도 또 벗어날 수도 없다.
　이에 '아버지의 날개' 도 마찬가지로 국가적 규모로 이루어지는
경제구조 속에서 IMF 경제위기를 겪으면서 좌절하고 자살할 수
밖에 없는 아버지 상을 그리고 있다. 사업체를 운영하던 아버지
는 IMF 경제위기 때 '저승의 초대장' 과 같은 어음들로 인해 사업
체를 잃고, 치졸한 욕심에 도둑질도 하고, 끝내 추락사를 가장한

자살을 하게 된다.

무엇이 나를 무력자로 만들었을까. 경제파탄이 인간을 얼마나 무력화하고 인간의 자긍심을 잃게 하는지, 자긍심을 잃어버린 나는 사회적 패배감 속에서 분노만을 키워야 하는지….

오랜 시간 자연이 던져준 햇빛, 바람 속에서 움직이지 않고 생각에 생각을 거듭했다. 생명력이 투명한 봄기운이 새로운 메시지를 전달했다.

가족의 생계를 책임지는 아버지, 남편만이 떳떳하다. 그 책임을 다하지 못하는 것은 살아있는 죽음이다. 살아있는 죽음보다는 죽어야 살아나는 길이 내겐 있다. 목표가 있는 죽음을 선택해야 한다. 나의 죽음은 목표를 지녔기 때문에 그 목표를 위해 마땅한 때에 죽어야 한다.

그것은 비극이 아니라 행운일는지 모른다. 죽음의 평화가 느껴짐으로써 비로소 삶의 리얼리즘에 도달한다고 말할 수 있으리라. 짜라투스트라는 '죽어야 할 때 죽어라. 내가 바라는 까닭에 찾아드는 자유로운 죽음을….' 죽음을 향해 자유이고 죽음에 있어 자유이다.

— '아버지의 날개' 중에서

아버지의 일기장을 읽어 내려가는 딸은 아버지가 스스로 죽음을 선택했음을 알아채게 된다. 가족부양의 엄청난 압박은 고스란히 아버지의 가슴에 박혀 자신을 무능력자로, 인간이 아닌 존재로 취급하게 만든다. 그러나 이러한 일련의 과정들이 비극적인 것만은 아니다. 마지막 인용 부분에서 알 수 있듯 아버지는 '자유로운 죽음'이라는 표현을 사용함으로써 죽음을 통해 가족 관계, 사회적 관계로부터 자유로워진 한 '인간'을 마주하게 되기 때문이다. 아버지는 '목표 있는 죽음'을 통해 '자유롭게 날아간 것'이지만 딸인 '나'는 '이 시대에 맞는 인식 속에서 새로운 아버지 상'을 떠올리며 우리 시대의 아버지의 의미와 그들의 모습에 대해 문제를 제기하고 있다. 즉, 세계화와 경제적 고도성장을 지향하는 자본주의 사회에 살며 가족에 대한 경제적 의무를 감당하고 좌절하고 고통스러워해야 하는 이 시대의 아버지는 어떤 삶의 모습으로 어떠한 욕망으로 살아가고 있는 것인가? 그 존재의 가치와 지위에 대해 반문하지 않을 수 없다.

우리는 성적 일탈이 자본주의가 제도화된 사회에서 한 개인이 꿈꿀 수 있는 유일한 유토피아적 상상력으로 남은 시대에 살고 있다. 푸코는 인간의 성이 어떻게 그 본성의 유전자 구성과 생명활동을 벗어나 사회적으로 연구성되고 억압되었는지를 서구의 근대 사회 분석을 통해 연구했었다. 지식과 권력을 통한 사회 통제와 사회적 타자들을 억압했던 제도화된 정치적 현실은 자연적 조건으로서의 인간의 성을 왜곡하고 철저하게 억압했다. 사적 욕망을 억압하려는 공적 윤리란 필연적으로 존재했던 것이 아니라 근대 문화가 만들어낸 산물인 것이다.

민봉기 소설들은 바로 그 저열한 자본주의 사회를 살아가는 개인들의 욕망에 대한 밑그림을 그리고 있으며 그 자유로운 '비상'

을 꿈꾸고 있다. 그러나 어느 틈엔가는 사회 속의 가족의 논리에 발목 잡힌 현실을 직시하기도 한다. 이렇게 사적 욕망과 공적 윤리가 맞부딪치면서 우리가 사는 시대에 대해, 그리고 그 속에서 살고 있는 사람들과 그들의 욕망에 대해 서술한다. 즉 민봉기 소설은 '살아갈 수밖에 없다'가 아니라 '왜'와 '어떻게'를 강조하며 '새롭게 살아가고자 함'을 강조하고 있다.

■ 작가 약력

(사)대한미용협회에서 월간 「미용회보」 16년간 발행으로 1991년 잡지의날 잡지 언론상 수상.

국민대 디자인 대학원 미용예술아카데미 부주임 교수 역임. 고려대 사회교육원 강사 역임. 한국문인 추천작가회 초대회장 역임.

한국문학회 회원. 한국문인협회 회원. 서초문협 감사. 한국소설가 협회 회원.

중남미 문화원 박물관 이사.

저서 〈한국생활 문화 100년〉 공저.
　　　〈결혼의 조건〉 공저.

■ ■ ■

민봉기 소설집

쉼표의 욕망

초판인쇄　2006년 1월 20일
초판발행　2006년 1월 27일

저　　자　민　봉　기
회　　장　라　대　곤
발 행 인　서　정　환
편 집 인　백　시　종
주　　간　채　문　수
편　　집　권　은　경
　　　　　윤　수　진
　　　　　이　영　하
펴 낸 곳　도서출판 계간문예

출판등록　2005년 3월 9일 제300 - 2005 - 34호
주　　소　서울시 종로구 익선동 30 - 6
　　　　　운현신화타워 207호
전　　화　(02) 3675 - 5633
팩　　스　(02) 3675 - 5635
E - mail　qmyes@naver.com

값 9,000원

ISBN 89 - 91926 - 08 - 8　03810

파본은 본사나 구입한 서점에서 교환해드립니다.